中国人文社科图书在北美的传播研究项目资金资助出版（项目代码：EA201903）
新时代中国少数民族出版研究项目资金资助出版（项目代码：20190123055）

策·达木丁苏荣文学创作与评论研究

塔娜◎著

中央民族大学出版社
China Minzu University Press

图书在版编目（CIP）数据

策·达木丁苏荣文学创作与评论研究／塔娜著．—北京：中央民族大学出版社，2023.3

ISBN 978-7-5660-2126-7

Ⅰ．①策…　Ⅱ．①塔…　Ⅲ．①策·达木丁苏荣—文学研究　Ⅳ．①I311.065

中国版本图书馆 CIP 数据核字（2022）第 184952 号

策·达木丁苏荣文学创作与评论研究

著　　者	塔　娜
责任编辑	满福玺
封面设计	汤建军
出版发行	中央民族大学出版社
	北京市海淀区中关村南大街 27 号　　邮编:100081
	电话:(010)68472815(发行部)　传真:(010)68932751(发行部)
	(010)68932218(总编室)　　(010)68932447(办公室)
经 销 者	全国各地新华书店
印 刷 厂	北京鑫宇图源印刷科技有限公司
开　　本	850×1168　1/32　印张：5.25
字　　数	116 千字
版　　次	2023 年 3 月第 1 版　2023 年 3 月第 1 次印刷
书　　号	ISBN 978-7-5660-2126-7
定　　价	39.00 元

前　言

策·达木丁苏荣（Tsendiin Damdinsuren，1908—1986 年）是蒙古国现代文学的奠基人，他对蒙古国现当代文学做出了巨大的贡献，为我们留下了宝贵的精神财富，其文学作品及对蒙古古代文学的研究，为现代蒙古学研究学者提供了富有价值的参考。

本书采用比较文学的影响研究方法，结合策·达木丁苏荣作品特点，从文学评论角度，对其作品进行较为全面、深入的研究和阐释。

第一章绪论部分，以蒙古国现代文学引入，评述蒙古国现代文学研究现状以及策·达木丁苏荣作为蒙古国现代文学奠基人所做出的贡献。

第二章介绍策·达木丁苏荣生平及文学创作概况。蒙古文学跨入现代时期，展现出新的面貌。他一方面在自己的作品中延续传统的民间文学的主题，另一方面也不断尝试描写蒙古人的新生活。在他的创作中我们可以看到许多新式人物，即冲破偏见，致力于新文化和蒙古革命及建设的典型。苏维埃文化给予蒙古新兴文化以良好影响的主题，表现在他的许多作品中。

1927年策·达木丁苏荣开始了他的创作生涯。

第三章对策·达木丁苏荣的小说进行研究，整理分析他已出版的短篇小说、中篇小说和长篇小说，并概述了核心内容和观点。其中，对他的两部代表作《受歧视的姑娘》和《苏莉变了》从思想内容和艺术特征方面进行了文本分析，总结了小说的语言特征。

第四章对策·达木丁苏荣的诗歌进行了研究。同小说一样，整理了已出版的诗歌，并从艺术特征和艺术思想方面，分析具有代表性的两首诗歌《我的白发母亲》和《两岁的尔奥》，最后总结了诗歌的语言特征。

第五章重点分析策·达木丁苏荣对《成吉思汗的两匹骏马之传》的研究。《成吉思汗的两匹骏马之传》主要表达的是牧人对马的爱。如果写一个人有两匹马会显得过于平凡，作者为了让作品更有意义，便写成了成吉思汗的两匹骏马。《成吉思汗的两匹骏马之传》不仅是文学作品，也是文艺作品。文艺作品的角色不是非要让其成为一个阶级的代表。艺术是没有固定的标准来衡量的，所以不能把文艺作品单一地去分析，去划分等级，那样会让文章失去原有的艺术特征。真正的文艺作品应具有让所有人都能欣赏的魅力。《成吉思汗的两匹骏马之传》是一部能让人受到正面的教育并且能让人陶冶情操的文艺作品。

第六章从比较文学的影响研究角度分析策·达木丁苏荣对《格斯（萨）尔传》的研究观点。其中，在分析蒙古文的《格斯尔传》与藏文《格萨尔传》的诸多不同版本的同时，对其内容的异同进行了深入的研究阐释。这一章中还探讨了《格斯

（萨）尔传》的特征，并对其进行了比较研究。

第七章介绍策·达木丁苏荣对其他古代文学作品的研究，包括《蒙古秘史》和《蒙古文学精选一百篇》等古代文学作品。《蒙古秘史》是记载蒙古族历史的宝贵典籍。它记载了不同时期发生的历史事件，是具有很高的艺术价值的蒙古历史文化遗产。本章还对《蒙古秘史》的版本内容以及艺术特征进行了阐述。《蒙古文学精选一百篇》是他为后人留下的最有价值的典籍。该书是从事蒙古学研究的学者必读的典籍，本章对其特点进行了阐释。

第八章结语部分，剖析了策·达木丁苏荣比较文学思想的形成和对蒙古文学做出的贡献，探讨了蒙古现代文学的发展，总结了蒙古现代文学的创作手法，并对蒙古现代文学三个不同时期具有代表性的作家作品进行了概述。

目　　录

第一章　绪论

一、研究对象与选题意义

（一）研究对象

策·达木丁苏荣（Tsendiin Damdinsuren，1908—1986 年）是蒙古国杰出的作家、文学评论家和翻译家。他是蒙古国现代文学的奠基人之一，被誉为蒙古国文学史上的“巨人”，其文学成就对蒙古国现代文学的发展做出了重要贡献，推动了蒙古国文学与世界文学的交流互鉴。20 世纪 30 年代初期，策·达木丁苏荣在乌兰巴托开始了他的文学创作生涯。20 世纪 40 年代，他加入了作家协会，并开始在各大报纸和期刊上发表作品，为蒙古国现代文学奠定了基础。

本书研究对象为策·达木丁苏荣文学作品及其文学评论。策·达木丁苏荣的文学作品充满强烈的人文关怀和现实主义色彩，涉及历史、文化、民族等多个方面。除了文学创作，策·达木丁苏荣还积极从事文学评论和翻译工作。他翻译了多部外国文学作品，将其引进蒙古国，为蒙古国作家和学者提供了大量新的创作灵感和丰富的研究资料。

（二）选题意义

策·达木丁苏荣的作品在蒙古国和其他国家相关地区均具有广泛的影响力，他的文学作品既具有蒙古文化的独特性，又具有广泛的文化内涵和人类情感的共情，对于加深蒙古文化与其他文化之间的了解和交流有着重要的意义，对于加强蒙古国文学和世界文学之间的关系具有重要价值。这主要体现在以下六个方面：

一是策·达木丁苏荣文学作品具有现实关怀和现实批判意义。策·达木丁苏荣的文学作品展示了蒙古国人民当时的生存状态和社会问题，反映了社会的现实状况，对于研究蒙古族社会和历史具有重要意义。

二是策·达木丁苏荣文学作品具有特殊的艺术特色和表现手法。策·达木丁苏荣的文学作品具有强烈的地域特色和民族特色，同时也体现了蒙古国现代文学的艺术特征，对于研究蒙古文学和世界文学的艺术表现手法具有重要意义。

三是策·达木丁苏荣的文学作品具有很高的艺术价值和思想深度，他的文学作品拓展了蒙古文学的创作领域。他的文学作品涉及的主题和风格非常多样化，既有革命文学的影响，又具有后现代主义的特点。他的文学作品不仅推动和拓展了蒙古文学的创作领域，而且对蒙古文学的创作形式和技巧做出了新的尝试和探索。

四是提高了蒙古文学的国际地位和影响力。策·达木丁苏荣的文学作品被翻译成多种文字，在国际上获得了广泛的传播和认可。他的文学作品不仅丰富了中外读者对蒙古国文学的认识和了解，而且也为蒙古文学赢得了更高的国际声誉和影响力。

五是推动了蒙古文学研究的深入和发展。策·达木丁苏荣的文学作品在蒙古文学研究领域具有很高的价值和意义。他的文学作品不仅为研究蒙古文学提供了重要的素材和参考，而且为研究蒙古文学的创作技巧和文学思想提供了新的思路和视角。策·达木丁苏荣的文学作品也为蒙古文学研究提供了新的研究方向和思考框架。

六是推动文化交流和发展。策·达木丁苏荣是蒙古国现代文学的杰出代表之一，通过对其作品的研究，可以促进中国和蒙古国文化的交流和互动，增强两国人民之间的相互了解和友谊。

目前，国内外学界对策·达木丁苏荣的作品尚未有人进行系统的研究，只有部分学者将他的一些作品与其他民族或者其他国家类似的作品进行比较研究。对这样一位著名作家，对其作品进行系统研究是亟须且必要的。本书结合国内外对策·达木丁苏荣的研究历史和现状，对他的文学创作做进一步的探讨。

二、研究目标与研究现状

（一）研究目标

在国际蒙古学界，对策·达木丁苏荣及其作品的研究颇多。然而，迄今为止，还未发现我国有人对策·达木丁苏荣作品进行系统梳理和阐释。本书拟在有关专家学者研究成果的基础上，初步梳理和总结策·达木丁苏荣一生的文学创作及他对蒙古古代文学的贡献，试图循着这位学者文学研究的足迹，描绘其思维脉络，发掘他在文学创作和文学研究背后所蕴藏的深刻的思想内涵。

本书从比较文学研究的视角出发，整理策·达木丁苏荣的创作，分析其小说和诗歌的代表作，展示作家作为蒙古国现代文学的奠基人，对当时社会背景和社会变化的态度、观点及期望。以他对蒙古古代文学的研究为重点，通过阐述《格斯（萨）尔传》《蒙古秘史》《成吉思汗的两匹骏马之传》《蒙古文学精选百篇》等作品的特点以及蒙古人的其他民族语言创作方面的具体实践，进一步考察这些作品在结构上所呈现出的跨民族语言、文化、学科等比较文学的开放性特征。

策·达木丁苏荣在中国的影响是随着对其作品译介与研究的不断深入而产生的，有些策·达木丁苏荣作品的译者也在创作上受其影响，而更多的作家和读者受到影响的都是经由阅读译本而获得。本书笔者发挥母语的优势，广泛阅读原作者的文学作品及研究成果，与原作者一样，用母语的思维方式来理解其创作思想，在阐释的过程中凸显出与其他文学作品的区别，并呈现其独特之处。

（二）国内外研究现状

1. 国内研究现状

策·达木丁苏荣在我国蒙古学界有很大的影响。国内对策·达木丁苏荣的研究论文最早见于作者白地 1982 年在《蒙古学信息》上发表的文章《策丁·策·达木丁苏荣》，随后有呼格吉勒图与日本学者冈田和行1987年在《蒙古学资料与情报》上发表的论文《策·达木丁苏荣及其著作目录》。近几年，我国研究策·达木丁苏荣的学者也日益增多。

我国有许多学者在自己的论文或著作中引用过策·达木丁苏荣的研究成果。尤其是策·达木丁苏荣的《〈格斯尔传〉的历史根源》，被我国格斯（萨）尔学界的专家和学者多次引用和论证。策·达木丁苏荣的学生、著名学者仁钦道尔吉专门介绍过策·达木丁苏荣有关《罗摩衍那》的研究成果。[①] 主要有：1957年出版的《蒙古文学概要》（第一卷）；1958年出版的《〈格斯尔史诗〉的三个性质》；1979年内蒙古人民出版社出版了《蒙古文学精选一百篇》（1—4册）；1987年仁钦道尔吉等学者转写并编辑出版了《达木丁苏伦文学研究论文选》，在最后一个章节还专门列举了策·达木丁苏荣的学术成果；北京大学的史习成教授在《蒙古国现代文学简史》（1996年）和《蒙古国现代文学》（2001年）中着重论述了策·达木丁苏荣对蒙古现代文学的奠基作用。

到目前为止，国内对策·达木丁苏荣研究的相关研究论文有：李剑的《简评蒙古杰出文学家与学者策·达木丁苏伦的一生》[②]；王浩的《Ts·达木丁苏伦与蒙古族文学关系研究》《策·达木丁苏荣与〈罗摩衍那〉蒙古本土化研究》《比较文学

① 该篇论文题为《印度文学对蒙古族文学的影响——以〈罗摩衍那〉为例》，1986年发表在《印度文学研究集刊》第二辑。

② 李剑. 简评蒙古杰出文学家与学者策·达木丁苏伦的一生［J］. 解放军外国语学院学报，1995（2）.

与译介学——达木丁苏伦比较文学之路》[①]；巴·苏和的《策·达木丁苏荣与〈蒙古秘史〉研究》[②]；仁钦道尔吉的《策·达木丁苏荣对蒙古学的贡献》[③]。

2008年在北京召开的“纪念策·达木丁苏荣百年诞辰暨国际学术研讨会”上，国内外专家学者参与并发表了有关策·达木丁苏荣的论文。参加会议的有：北京大学蒙古学研究中心主任、中华人民共和国驻蒙古国文化参赞吴新英；蒙古国驻中华人民共和国大使；中华人民共和国驻蒙古国前任大使张德麟；北京大学社会科学部副部长耿琴；策·达木丁苏荣先生的女儿、俄罗斯人文大学教授Д. 杜勒玛；蒙古国科学院院士策仁苏德诺姆；中国社会科学院少数民族文学研究所研究员仁钦道尔吉；北京大学蒙古学研究中心副教授王浩；中国社会科学院民族文学研究所研究员扎拉嘎；中央民族大学蒙古语言文学系王满特嘎等专家学者。会议论文有：满都呼的《策·达木丁苏荣与中国蒙古文学研究》；贺希格陶克陶的《策·达木丁苏荣与〈蒙古秘史〉研究》；乌力吉巴雅尔的《蒙古文学史上的一座丰碑——以〈蒙古文学精品一百篇〉为例》；特木尔巴根的《简论达木丁苏伦对蒙古文学文献研究的贡献》；额尔敦哈达的

---

① 王浩. Ts·达木丁苏伦与蒙古族文学关系研究［J］. 民族文学研究，2005（4）. 王浩. 策·达木丁苏荣与《罗摩衍那》蒙古本土化研究［J］. 内蒙古民族大学学报，2006（1）. 王浩. 比较文学与译介学：达木丁苏伦比较文学之路［J］. 文艺理论与批评，2008（1）.

② 巴·苏和. 策·达木丁苏荣与《蒙古秘史》研究［J］. 中国蒙古学（蒙古文），2009（2）.

③ 仁钦道尔吉. 策·达木丁苏荣对蒙古学的贡献［J］. 中国蒙古学（蒙古文），2008（6）.

《从〈妙语集〉探达木丁苏伦初期创作》；巴·苏和的《策·达木丁苏荣与〈蒙古秘史〉研究》；雅·钢巴塔的《策·达木丁苏荣翻译理论与中国诗词蒙译》；侯万庄的《策·达木丁苏荣——一位创新型学者》《达·嘎勒巴特尔：论策·达木丁苏荣诗歌创作特色》；哈斯格玛的《〈被嫌弃的姑娘〉与蒙古现代小说》；嘎·毕勒古岱的《策·达木丁苏荣院士与二十世纪蒙古文学》；丹·策伦丕勒的《策·达木丁苏荣创制正字法的理论依据》；齐心的《达木丁苏伦与西里尔蒙古文》；袁琳的《蒙古人民共和国时期的文字改革与策·达木丁苏荣创制的新蒙古文语音系统》；王满特嘎的《论〈发挥才智，发展我们的语言文字〉一文》；额尔敦巴雅尔的《论策·达木丁苏荣文学史观及其研究方法》；那木吉拉的《阿尔泰语系诸民族树崇拜及树生人神话比较研究》；陈岗龙的《论策·达木丁苏荣对蒙古民间文学与书面文学关系的研究》；姚克成的《对北京大学的蒙古语教学产生重大影响的伟大学者》；王浩的《全球化与蒙古国——策·达木丁苏荣翻译文学本土化研究》；刘迪南的《作为“民族主义者”的策·达木丁苏荣》等。

整体来说，国内对策·达木丁苏荣的作品进行全面系统的学术研究尚有欠缺。目前，国内学者对他的研究还是针对他的部分经典著作或者与其他民族关系相关的作品进行研究得较多，如《格斯尔王传》《格萨尔王传》《蒙古的罗摩衍那》等。

2. 国外研究现状

据 2001 年蒙古国出版的《策·达木丁苏荣全集》第三卷附录中的统计，蒙古国正式发表有关策·达木丁苏荣研究论文的作家和学者有130余人，论文有330余篇。从内容上看，这些论文主要可以归纳为四种类型：一是研究策·达木丁苏荣的文学创作，主要针对他的小说和诗歌创作进行研究的。二是他的学生回忆或追忆策·达木丁苏荣的为人与治学之道的。这类文章很多，如他的学生勒哈姆苏荣的《我的老师，指引者》（1958年）、云登的《学生的话》（1986年）和《忆恩师》（1988年）、策·哈斯巴特尔的《值得信赖的师长》（1986年）、呼日勒巴特尔的《从师十二载》（1998年）、楚龙的《忆恩师策·达木丁苏荣》（1998年）等。三是研究他的翻译理论、翻译成就的，如策·哈斯巴特尔的《翻译史学家、翻译理论家》（1993年）、呼日勒巴特尔的《策·达木丁苏荣的东方翻译》（1994年）等。四是研究他的学术成果的论文。

下面重点分析与本书相关的后两种类型的文章。

早期总结策·达木丁苏荣的学术成果的是S. 罗布桑旺登。1969年他发表了《蒙古文学研究者、院士策·达木丁苏荣》一文。之后策·达木丁苏荣的学生从20世纪80年代开始陆续发表了一些论文，如云登的《学术著作中的文学关系问题》（1980年）、策仁苏德诺姆的《策·达木丁苏荣在蒙古文学研究中的作用》（1985年）、桑培勒登得布的《到达智慧彼岸的学者作家》（1994年）、S. 洛钦的《策·达木丁苏荣院士和〈蒙古秘史〉研究》（1994年）、D. 查干的《策·达木丁苏荣是蒙古文学研究的奠基人》（1994年）等。特别是在1998年纪念策·达木丁苏荣90周年诞辰之际，出版了一些总结策·达木丁苏荣学术研究成果的论文，如策仁苏德诺姆的《策·达木丁苏荣与蒙古古代文学研究》（1998 年）、Ya. 巴特尔的《策·达木丁苏荣是格斯尔的研究者》（1998 年）、S. 洛钦的《完美的天才学者》（1998 年）、M. 乌力吉巴雅尔的《策·达木丁苏荣和格斯尔研究》等。

对策·达木丁苏荣文学创作的研究者主要集中在苏联时期，包括 L. K. 格拉希莫维奇、K. N. 雅兹卡夫卡亚和 G. I. 米哈伊罗夫等人。他们于 20 世纪 50—60 年代就已经开始对策·达木丁苏荣的文学创作以及他对格斯尔的研究进行了总结和评价，如 G. I. 米哈伊罗夫的评论性文章《策·达木丁苏荣的〈格斯尔传的历史根源〉》（1959 年）、K. N. 雅兹卡夫卡亚的《作家和学者策·达木丁苏荣》（1981 年）等。近年来，N. V. 巴甫洛夫发表了题为《蒙古历史上光辉的一页——纪念策·达木丁苏荣 90 周年诞辰》（1998 年）的文章。另外，还有一些国家的学者也对策·达木丁苏荣的文学创作进行过相关研究。

此外，蒙古国国立师范大学教授 B. 普尔布敖其尔 2008 年在乌兰巴托出版了专著《致策·达木丁苏荣 100 周年》。他是蒙古国的策·达木丁苏荣研究者之一。

策·达木丁苏荣对其他国家学者的影响也比较大，日本的冈田和行（东京外国语大学）1987 年在《蒙古学资料与情报》上发表了《策·达木丁苏荣及其著作目录》的文章，1988 年在东京外国语大学的学刊上发表了《策·达木丁苏荣教授生前学术论文集》。他在 1999 年与人共著的《蒙古文学鉴赏》里重点介绍了各个时期蒙古文学的代表性作家，并将他们的几个代表作译成了日文。其中就介绍了策·达木丁苏荣。

美国华盛顿大学的语言学家尼古拉斯 N. 鲍培（Nicholas N. Poppe）1958 年 12 月在《亚洲研究》学报上发表了《评策·达木丁苏荣〈格斯尔传〉的历史根源》一文。他是世界上最著名的蒙古学家之一。

英国伦敦大学教授 C. R. 包登（Charles Roskelly Bawden）翻译了策·达木丁苏荣的小说《老喇嘛的故事》(1997 年)。他是伦敦大学东方与非洲研究院蒙古学教授，从事蒙古学研究工作。

伦敦大学教授鲁道夫·卡斯楚斯基（Rudolf Kaschewsky）2000 年在伦敦大学东方与非洲研究院学报上发表了《评策·达木丁苏荣老喇嘛的故事》一文。

三、研究方法

本书综合采用比较文学的影响研究方法，结合策·达木丁苏荣作品及其研究特点，从文本分析、历史比较、主题比较等方面入手进行深入研究。

1. 文本分析法

通过分析策·达木丁苏荣作品的语言、叙事、结构、主题等方面的异同，探究文学作品之间的相互影响。

2. 历史比较法

通过对策·达木丁苏荣文学作品所处的历史背景、社会环境、文化传统等方面的比较，探讨文学作品之间的影响关系。

3. 人物关系法

通过比较策·达木丁苏荣作品中的人物形象、人物关系等方面的异同，分析文学作品之间的相互影响。

4. 主题比较法

通过比较策·达木丁苏荣文学作品的主题、思想、价值观等方面的异同，探究文学作品之间的影响关系。

5. 形式比较法

通过比较策·达木丁苏荣文学作品的形式、风格、技巧等方面的异同，研究文学作品之间的相互影响。

第二章　策·达木丁苏荣生平及文学创作概况

第一节　生平概述

策·达木丁苏荣（Tsendiin Damdinsuren，1908—1986年），蒙古诗人、小说家、学者，1908年9月14日出生于现蒙古国东方省玛塔达汗敖拉县的一个牧民家庭。少年时期受教于父兄，掌握了初级文化知识。

策·达木丁苏荣是蒙古国现代文学的奠基者之一，他与纳楚克道尔基、索·宝音尼木和等人一起为蒙古新文学奠定了基础。蒙古国政府高度评价了他所做的贡献，曾三次授予苏赫巴托星和劳动贡献红旗，还获得了很多其他奖项。另外，为他的文学创作工作，分别于1945年、1947年、1950年政府颁发了三次国家大奖。他是蒙古国第一批革命作家，一生为蒙古国新文学的发展事业做出了很大奉献。

策·达木丁苏荣1923年在县政府当文书。1926年当选为蒙古革命青年团中央委员，并任《革命青年团》刊物编辑。

1928年发表《故事四则》，从此开始文学创作活动。1929年蒙古作家小组成立，他是最积极的成员之一。同年12月发表代表作《受歧视的姑娘》，这是蒙古新文学的第一部中篇小说，象征着蒙古新文学的诞生。他从这个时期开始了60多年的文学研究工作。

策·达木丁苏荣在20世纪30年代为新蒙古文制定了字母表、正字法和词法草案。1933年至1938年、1946年至1950年他两次到苏联学习。第二次他以《格斯尔传的历史根源》这篇论文获语言学副博士学位。他是蒙古国第一位获得博士学位的人。

1934年策·达木丁苏荣在苏联学习期间发表了著名长诗《我的白发母亲》。1938年5月他开始在蒙古科学院从事文学研究工作，11月因为回答一个问题而被捕入狱，1940年释放。

20世纪40—50年代，策·达木丁苏荣主要研究古典文学，同时创作了《三个说，一个做》《苏莉变了》《牤牛戈木布》等反映先进与落后之间斗争的小说和《献给伟大的中国人民》等诗。

20世纪50年代以后，曾任蒙古科学委员会主席、蒙古作家协会主席等职，还被选为蒙古科学院院士。策·达木丁苏荣1950年被选担任世界和平委员会主席，为俄蒙两国人民友好相处做出了贡献，受到了好评。

策·达木丁苏荣创编了《蒙古新文字规则》。1942年到1945年间担任《真理报》主编。1953年到1955年担任蒙古国作家协会会长，1955年到1959年在蒙古国立大学任文学教师。

《蒙古文学概况》《蒙古文学精选一百篇》《藏蒙神话的胡仁乌力格尔》（第一、第二卷)、《泉滴与它的解析》《月杜鹃》等学术著作都是这个时期出版的。

1957 年策·达木丁苏荣评为教授职称。1959 年开始研究古代文学。1970 年到 1973 年受邀去列宁格勒工作期间撰写了《罗摩衍那在蒙古的传播》这篇学术论文。1979 年到 1981 年受邀去德国工作，与其他学者合编了《德蒙辞典》。1986 年获“民间文学家”称号。

20 世纪 60—70 年代，策·达木丁苏荣写了一些有关道德修养的短篇小说，如《鬼》《皮箱里的东西》《奇异的婚礼，欢聚的宴会》等。他的学术著作有两卷本《蒙古文学概况》（下册与别人合著)、选注本《蒙古文学精选一百篇》和用现代语翻译的《蒙古秘史》。

第二次世界大战期间，策·达木丁苏荣在蒙古《真理报》工作期间，发表了诗作《北极星》和小说《两个都是我的儿子》等作品，歌颂苏联卫国战争。他的博士论文《格斯尔传的历史根源》对研究中国蒙古族、藏族的英雄史诗《格斯（萨）尔传》有重要参考价值。

策·达木丁苏荣曾多次获得各种勋章和乔巴山奖金。我国翻译出版了他的主要作品《策·达木丁苏荣诗文集》。

策·达木丁苏荣在他生命的最后几年时间里还写了很多关于蒙古文学关系问题的学术论文。

第二节　文学创作及学术研究

策·达木丁苏荣既是作家、语言学家，也是文学史家。

1927年策·达木丁苏荣开始了创作生涯，写了《故事四则》。1929年发表中篇小说《受歧视的姑娘》，在文学创作的道路上迈出了一大步，也为策·达木丁苏荣在蒙古新文学中的地位奠定了基础。

作者在小说中，通过对道林格尔一家人的遭遇的描写，反映了民主改革前蒙古社会贫富之间的矛盾以及随着时间的推移，这个矛盾如何得到了解决。作者又以饱含感情的笔触，描绘了昔日被人嫌弃，受尽欺辱的女主人公，如何以新的面貌出现在社会舞台上。

牧民道林格尔，为生活所迫，给牧主宝路德当牧工。他出过门，参过军，见多识广，机警能干，有一定的反抗精神。他的妻子苗达格温柔善良，虽然吃尽苦楚，却认为这是命运的安排，由不得自己做主。他们只希望能吃饱饭，能过上"人的生活"。但就是这样最低的要求，也不能得到满足，他们挣扎在生活的死亡线上。策伦姑娘，从她来到这个世界第一分钟起就是不幸的。她的父母期待生下一个儿子，好让主人宝路德收养，以减轻生活的负担。可是偏偏生下一个女儿。在"女人是丈夫的奴仆、家庭的用人"这样的社会风气下，牧主怎么会领养一个女婴呢，所以策伦一生下来就被人嫌弃了，是一个受歧视的姑娘。策伦在凄风苦雨中度过了20个年头。她被迫嫁了人，受到丈夫虐待。但她不甘心一辈子像母亲那样逆来顺受，受人宰割。她对生活抱有希望。春风终于吹到偏僻的角落，策伦在别人引导下，毅然摆脱羁绊，走上了新生之路。

这部小说除了策伦、道林格尔、苗达格等贫穷牧民的形象以外，还描写了一些反面人物，如牧主宝路德和他的妻子台吉特以及洛奉喇嘛。作者刻画了他们贪婪、狡诈、伪善的性格。《受歧视的姑娘》是蒙古现代第一部以现实生活为题材的大型文学作品，它的问世对蒙古新文学的发展具有很大影响。在文学中反映社会的矛盾与冲突，可以给读者一定的启迪，这是当时文学创作的主流。

策·达木丁苏荣的一些短篇小说主要是以反映新生活和新人成长为内容的。《苏莉变了》就是饶有风趣的一篇。牧民青年巴特参军后，因自己长了知识，开阔了视野，开始嫌弃没有文化的妻子苏莉。服役期间，他刻苦学习训练，成为一名先进的边防军人。他希望有一个能读会写、工作出色的女人做自己的妻子。这时报上刊登的先进女牧民海西格的事迹吸引了他，于是给她写了信，知道她没有丈夫。巴特服役期满，登门求婚。谁知，从蒙古包里迎出来的却是自己的妻子苏莉。原来苏莉改了名，他发奋上进已是一个有文化并受人尊敬的新型牧民。她原谅了丈夫。他们的爱情和家庭生活有了新的内容。这篇小说写于20世纪40年代，蒙古国正逐渐发展教育，扫除文盲，提高人民文化水平。这就是小说中描写的，男女主人公分别在军队和家乡学习了文化，不但会写信，而且有了新知识。作家通过对他们的生活环境和心理变化的叙述，展示了这种新的气象。

小说《三个说，一个做》揭露并批判了生活中存在的游手好闲、贪图安逸的坏习气和欺压妇女的旧思想、旧作风。由公、婆、儿子和儿媳妇组成的四口之家，三个人是只动嘴不动手的。这些人一个比一个懒，可又一个比一个会摆架子，逞威风。盛水的木桶漏了，没有人补；接羊羔的季节到了，接羔用的毡袋没有人做；该吃饭了，奶茶没有人煮；干牛粪没有人搬……这一切都等着在草场放牧一天的儿媳苏尔玛来做。然而，苏尔玛不是逆来顺受的弱女子，她对丈夫和公婆进行了批评和开导。这篇小说充满生活气息，语言生动，人物形象逼真传神。

策·达木丁苏荣还写了几篇表现牧人爱惜牲畜，而牲畜又附有灵性的短篇小说，如《聪明的羔羊》《晚生的羔羊》《两个白色的东西》《小耳朵的两岁母羊》等。小耳朵的两岁母羊洁白可爱，而又善解人意，并因此遭厄运，在一场野火中幸存下来。而后，正是这只小母羊为主人繁殖了一大群“小耳朵”羊。这篇小说意在展示人物的心理活动，手法细腻，情节颇为生动。

20世纪60年代以后，策·达木丁苏荣的短篇小说在题材上又有了新的开拓。在《鬼》《手提箱》等小说中，作家把批评的锋芒指向社会上那些心灵肮脏、行为卑劣的人。《鬼》这篇小说一开头就有着强烈的悬念，因为有人在山上见到了“鬼”。于是以寻“鬼”为线索，一层层地展开情节。小说的结局告诉读者，一些人所说的那种“鬼”是没有的，而活在人间，的确有一种害人的“鬼”，这种活“鬼”用花言巧语，欺骗善良而单纯的妇女，以致毁了她们美好的青春。小说《手提箱》是说两名妇女想开一个玩笑，约好各自有意去接近对方的丈夫，以试探丈夫是否忠于自己的妻子。谁知一个无意，一个却有心。有心者假戏真做，不惜使用无耻手段，想把朋友的丈夫据为己有。作者以犀利的笔锋，鞭笞了这种卑劣的行为。发表于 1965 年的另一篇短篇小说《奇异的婚礼》很有教育意义。小说表明，一个人即使犯了错误，如能幡然悔悟，重新做人，会得到人们的谅解，在社会上仍然可以有自己应有的位置。

1956 年策·达木丁苏荣作品中的散文与小说还不多，而 1969 年在《策·达木丁苏荣选集》中的散文与小说方面就更为丰富了。除上面提到的《鬼》《手提箱》《奇异的婚礼》以外，还有写于 20 世纪 20—40 年代的一些作品，如小说《故事四则》和《老师与学生》及电影文学《受歧视的姑娘》等。此外，还有大量的游记和散文。

策·达木丁苏荣目光敏锐，能深入观察社会，了解社会，从而紧扣时代脉搏，使作品富有时代感。他的一些散文和小说能及时反映社会问题。《受歧视的姑娘》发表于封建生产关系尚在，而国家正酝酿改变这种关系的时候。第二次世界大战时期，他把笔触伸到前方将士与后方群众为争取胜利而进行的战斗与劳动之中。在 20 世纪 50 年代和平建设时期，他又努力反映和平劳动中的新旧矛盾以及人际关系，像《牤牛戈木布》《三个说，一个做》等就属于这一类。到了 20 世纪 60 年代，他又在社会相对稳定、生活有所提高的时候，为社会上容易出现的那种腐化堕落的人画了像。

策·达木丁苏荣小说通俗易懂，简洁明快。他用的是群众性的语言，句子短小，很少用华丽辞藻。因此他的作品很受群众欢迎。他的小说在艺术构思上也是有发展历程的。20 世纪 50 年代以前的作品一般以平铺直叙为主，情节简单；而 20 世纪 60 年代发表的几篇短篇小说，则情节曲折复杂，有更大的吸引力。

策·达木丁苏荣为蒙古文学研究做了很多工作。1934 年他发表了题为《为发展语言文学而奋斗》的文章。在这以后，他又写了许多论文，如《蒙古文学的民主方向》《蒙古文学研究史点滴》《保护文化遗产》《蒙古古代文学简述》《蒙古文学研究中的一些问题》等。

策·达木丁苏荣把主要精力放在蒙古文学的研究上。1941 年他将《蒙古秘史》由古代蒙古文改写成现代蒙古文，此书于 1947 年出版，并且他为此书撰写了序言。在深入研究的基础上，他指出此书是 1240 年在克鲁伦河畔写成的。他还就此书的学术价值和文学价值提出自己的看法。作为一部史书，人们可以从中了解许多历史事件，了解当时的经济、文化情况及人民的生活。又可以通过此书，研究蒙古语言的演变。《蒙古秘史》不是简单地记录历史，而是对历史事件进行文学描写，所以它又是一部文学作品，是由富有才华的文学家所撰。书中有一千五百行诗句，这些诗句有些是民歌，有些是贤女颂，有些是官吏的任职宣誓词。策·达木丁苏荣指出《蒙古秘史》是为上层贵族所作。

策·达木丁苏荣主持编写了三卷本《蒙古文学概况》。第一卷 1957 年出版。此卷对各国学者有关蒙古文学史的论著做了介绍，对蒙古古代主要文学作品有程度不同的论述，还阐明了蒙古书面文学与民间口头文学的关系，又对蒙古与亚洲其他民族文学的相互影响展开了研究。这一卷涉及 13 世纪至 16 世纪的文学。第二卷 1976 年出版，包括 17 世纪至 18 世纪的文学。这一卷资料异常丰富。本卷将汉文学、西藏文学、印度文学传入蒙古的情况进行了详尽的说明。例如，印度的《五卷书》《罗摩衍那》《佛本生故事》等在蒙古是如何被译成蒙古文的，汉语著名长篇小说对蒙古文学的影响等，一一做了论述。这一切为进一步研究 17 世纪至 18 世纪的蒙古文学创造了有利条件。第三卷 1998 年出版，本卷专门讨论 19 世纪文学，包括对蒙古近代文学有影响的作家和民间说唱艺人，如拉瓦嘉、桑达克、尹湛纳西、丹僧旺吉尔等人的作品进行了分析。还介绍了蒙古民间艺人说唱《水浒传》《西游记》等中国四大名著情况。无疑，《蒙古文学概况》的出版对蒙古文学的研究有重要意义。

1957 年策·达木丁苏荣编辑出版了《蒙古文学精选一百篇》。此书除前言叙述蒙古古代优秀文学作品出版的简要历史外，还有一篇题为《蒙古文学原理》的绪论，对蒙古文学自 13 世纪至 20 世纪初 700 年的发展史做了概要阐述。书中收集的每一篇作品均附有简要的注释。

策·达木丁苏荣将流传于蒙古、西藏等地的《格斯尔传》《格萨尔传》50 余种译文进行对比研究，在此基础上撰写了《格斯尔传的历史根源》（1957 年），证明蒙古《格斯尔传》是蒙古人民自己的文学，是表达他们对自由、幸福向往的文学。

作者还论证了这部史诗的主人公依据历史人物原型所塑造的观点。

20 世纪 40 年代，蒙古国进行文字改革，鉴于回纥蒙古文与口语脱节，便决定采用西里尔文字。新蒙古文的书写规则由策·达木丁苏荣拟定，他为文字工作改革做了很多工作。策·达木丁苏荣还参与了词典的编撰，如 1942 年他和希·鲁布桑旺丹合编的《俄蒙词典》（三万词）是蒙古国第一部俄蒙翻译词典。之后他又和阿·洛波桑丹达布合编了新的两卷本《俄蒙词典》（五万词），上下两卷分别于 1964 年、1968 年出版。

第三章　策·达木丁苏荣小说研究

策·达木丁苏荣的小说主要有：短篇小说《故事四则》《两个都是我儿子》《苏莉变了》《两个白色的东西》《师徒》《知识的顶峰》《老太婆》《小走马》《愿望的故事》《一只小耳朵的小母羊》《乌勒吉特山的枣骝马》《牤牛戈木布》《三个说，一个做》《奇异的婚礼》《路上遇到的事情》；中篇小说《受歧视的姑娘》《中国工人老刘》《聪明的小绵羊》。

第一节　艺术风格及语言特征

一、艺术风格

策·达木丁苏荣的小说有其特殊风格。由于他知识广博，有很高深的民族语言、文化修养，又深入社会、熟悉群众生活，因此他的一些小说和散文作品能紧扣时代脉搏，及时反映社会问题。中篇小说《受歧视的姑娘》是在封建生产关系依然存在，而国家酝酿改变这种生产关系的时代背景下创作的。20 世纪三、四十年代，在革命胜利后，社会上开始重视文化知识，策·达木丁苏荣这时发表了短篇小说《苏莉变了》（1944 年）。小说以诙谐的笔调书写了一对青年在爱情与婚姻上的波折，通过喜剧式的表演，揭示社会在前进，要不被时代抛弃，就应积极进取，用文化知识来充实自己。进入 20 世纪五六十年代，策·达木丁苏荣又用他那支笔揭露了社会生活中的存在的问题，如针对社会上存在的歧视、欺压妇女的不良习气与丑恶行为，创作了《三个说，一个做》（1955 年）、《鬼》（1964 年）等小说，进行了辛辣的讽刺与鞭笞。

策·达木丁苏荣的小说在艺术构思上的发展表现在：20 世纪 50 年代以前的作品一般以平铺直叙为主，情节较为简单，而 20 世纪 60 年代的几篇短篇小说，则情节曲折较为复杂，艺术上有更大吸引力。如上面提到的《鬼》，还有《手提箱》（1965 年）、《奇异的婚礼》（1965 年）等小说均设有悬念，随着情节的发展，层层剥笋，最终揭开谜底。

策·达木丁苏荣擅于使用群众语言，小说通俗易懂，简洁明快，很少有华丽的辞藻，很受读者欢迎。

二、语言特征

（一）叙述朴实而巧妙

策·达木丁苏荣的小说批判性强，通过人物形象的描写和社会环境的描述，揭露小说人物原型以及事物的本质，读者读来畅快淋漓。策·达木丁苏荣的小说不是按部就班地平铺直叙，而是别具匠心，巧妙地安排事件发生的顺序。小说创作不是将华丽的辞藻、比喻、修饰、人物代表等堆积成串，而是准确地使用朴实而无可替代的语言，将其放在合适的地方。就像一个人如果用多余的首饰修饰打扮自己，给人的感觉很邋遢，没有朝气，被人嘲笑；相反，如果搭配得体，不仅给人印象加分，而且显得朝气蓬勃。

我国古代作家杜牧在《答庄充书》中说："凡文义意为主，气为辅，以辞藻章句为之兵卫，未有主强盛而辅不飘逸者，兵卫不华赫而庄整者……是以意全胜者，辞愈朴而文愈高；意不胜者，辞愈华而文愈鄙。是意能遣词，辞不能成意，大抵为文之旨如此。"

俄罗斯著名批评家别林斯基在《艺术的观念》（1841 年）、《诗的分类和分科》（1841 年）和《关于批评的讲话》（1842 年）等文章中，阐述了艺术创作和文学批评的一般规律和特征，首次提出艺术是"寓于形象的思维"的著名论断，认为在艺术中创造性的想象"起着最积极和主导的作用"。在科学中，"则是理智和思考力"。他以艺术认识的主体和客体的不同关系作为区分艺术种类（叙事、抒情、戏剧）的基本原则，断言文学是艺术的最高形式，而中长篇小说则是最适合于反映错综复杂的现代生活的文学体裁。在近代美学中，他明确认为："典型化是创作的一条基本法则，没有典型化，就没有创作。"要求人物的塑造"既表现一整个特殊范畴的人，又是一个完整的有个性的人"。主张"内容与形式的生动的有机的结合"，要求思想性与艺术性的统一，既反对只重形式的"纯艺术"，也反对抽象说教的教诲诗。

从国内外著名的作家和批评家所言中可以看出，运用语言要以其意为首。如果不能将意义完整准确地表达出来，即使使用再多的文字也没有任何意义。策·达木丁苏荣在其文章中不会过多地使用修辞方法，将故事情节交代得较为直接。

小说《愿望的故事》：有一个妇女在草原上放羊，她的儿子跑过来跟她说："额吉，您给我讲个故事吧！"母亲摸了摸孩子的头，给他讲起了故事……

小说《牧牛戈木布》：草原上曾经有一个老牧民，他临终前将两个儿子叫到跟前说："儿啊，父亲不行了。我要向你们两人说几句最后的话，你们要记住父亲的嘱咐。人活在世上，不应该光是为了吃饭，应该投身于伟大的建设事业中，哪怕少也要做出贡献来。我在新社会虽然也参加了劳动，但是年岁大了，到底也没做出什么成绩来……"

小说《苏莉变了》：戈壁的青年巴图要去参军了。他临走时对 18 岁的妻子苏莉说："在这就要分离的时候，咱们两人自然都很痛苦，但服役时间只有两三年，我很快就会回来的。你在家里好好过日子，牲口要喂好，家务也要料理好……"

这些小说都非常普通，用朴实的语言一开始就直接交代了故事情节。这种开头方式既普通又巧妙。

（二）句子简短，具有口语化特征

每个作家都有自己的语言风格。布·仁钦的小说句子很长，而且引用古言较多。达·纳楚克道尔基的小说句子结合长短句，善于使用比喻等修辞手法。策·达木丁苏荣的小说句子普遍较为简短，而且比较口语化。他虽然在小说创作中不怎么运用修辞手法，但是所描写的事物生动形象，能够扣人心弦。

这里以《受歧视的姑娘》为例加以说明。

小说这样介绍富人宝鲁德和其妻台吉特的外表和人物性格：富人宝鲁德已年近四十而秃顶大肚子，胡子拉碴，红眼黑心，从来不穿丝绸等高档面料的衣服，没有好衣服。他的妻子台吉特年近四十，急性子，口齿伶俐，心眼极坏，小气又贪财，虐待雇工，经常训斥老公宝鲁德，很吝啬。

策·达木丁苏荣描述察伦姑娘做苦力活受罪的情景：早起、煮奶茶、捡牛粪、做饭、搓绳、当裁缝、挑水。搬家当车夫，搬到新地方又开始做家务。除此之外，夏天她放牛放羊，冬天照料小牛小羊。还要给牲口剪毛、挤奶、做奶食品。没有人比察伦姑娘起得更早，也没有人比她睡得更晚。她头上从不离开头巾，腰间总是围着围裙，一天忙到晚，马不停蹄，唯有门槛才是她可歇息片刻的地方。

（三）对话简短，具有个性化特征

郭沫若先生说："对话部分要看你所写的什么人，要适合于他的身份、阶层、年龄、籍贯、性别，而尽量地使用自己的语言。这事情相当难，非有充分研究或经验是不能够运用的。"

老舍说："老看着你的人物，记住他们的性格，好使他们有他们自己的话。学生说学生的话，先生说先生的话，什么样的学生与先生又说什么样的话。"

我们应当知道，大部分人说话是难以模拟的，因为对话写作是一种模拟沟通，要使之具有现场感，就必须做到：

1. 弄清对话对象

可是文章作者，亦可是文中人物或文中事物，可以就作品内容与他人对话，还可以让原著中的不同人物在原著之外的场景意外相遇。要把握对话双方的身份、个性与关系。一般来说，对话对象的身份是综合的，如孔乙己，是读书人；是乡下人；是封建社会人……决定了说话的语气、用词、风格与表达方式。

2. 把握对话内容

既可以是对对话对象的理解、同情、欣赏、崇拜，也可以是对对话对象进行质疑与辩驳。首先，探讨话题必须切合双方关系，而又易于把握。对中学生来说，与诗人探讨文学，与画家谈美术，与悲剧者话人生，这样最为妥帖的；其次，对话中不可有过多议论，应直接进入对话，直接切入主题，直接进入细节。例如，与既懂诗文，又会书画，甚至还是做“东坡肉”高手的宋朝大才子苏东坡对话，可以聊诗文，可以聊书画，还可以聊饮食，但应抓一点即可，切忌全面撒网，贪多求全，以免得不偿失。

3. 找准对话时机

尤其是要把握对话的情境来提问，谈感受，表达看法。不必刻意交代人物相遇的可能性，应该有恰当的氛围感染，重在与之心灵对话，对话的写作要能够推动故事的发展。如《兵败南朝》中，对祖冲之生活环境的渲染很到位，符合数学家的形象；与祖冲之之间的对话符合各自的身份：一个千年之后的中学生，一个古时候的数学家。

策·达木丁苏荣的小说对话，符合以上所提到的这些要求，既简短，又个性化。这在小说《苏莉变了》中表现得尤为突出。

巴图下了马。他想先了解一下这个家庭的情况，柔声地问小男孩："你们家都有谁呀？"小男孩："有我妈。"巴图听这话心里想，海西格都有儿子了，不知有没有丈夫，就又问："家里还有谁？"小男孩："还有爸爸。"巴图突然一惊，心里暗暗作苦，开始犹豫要不要进去，这时小男孩："你是怕我爸爸吗？不用怕他，他经常躺在床上。"巴图问："你爸爸病了吗？"男孩想了想说："不知道他是不是病了，我去问问。"转身要跑回房子时巴图说："不用，不用。"他拦住小男孩。巴图很担心，是不是找错门了，于是又问："你妈妈叫什么名字？"小男孩按照习俗没有说出母亲的名字，回答说："我妈妈在洗脸。"巴图灰心地想，要么是找错门了，要么就是我日夜思念的海西格有病重的丈夫，还有孩子？

巴图和小男孩的这段对话很有意思，而且有各自的特点。巴图的问题有很多猜疑，小男孩的回答天真可爱，从他的回答中找不出想要的答案。作者通过这段对话将巴图想要知道家里到底有什么人的迫切的心情和小男孩的天真纯洁的人物性格展示得淋漓尽致。

从以上的分析可以看出，策·达木丁苏荣的小说语言有其自有的风格和特点，词汇丰富而精练，语法得当而娴熟，修辞讲究而洒脱。

第二节　《受歧视的姑娘》：革命的礼赞

中篇小说《受歧视的姑娘》是策·达木丁苏荣小说的代表作，也是当时蒙古新文学中具有较大影响的小说。这部小说曾两次译成俄文出版。这两个俄文译本的书名有所不同：1949 年苏联作家出版社出版的译本名是《在荒僻的游牧地上》[①]；1951 年在外国文学出版社出版的译本名是《一个穷牧民的家庭》[②]。

《受歧视的姑娘》这篇小说的创作年代，正是牧民群众反对封建制度、部分没收世俗封建领主财产的时期。小说中反映了 1905—1925 年牧民群众反对封建压迫以及人民革命的伟大胜利等内容。1920 年，蒙古进入民主革命阶段，进行了多方面的改革，连续打击封建制度。但是被推倒的反动阶级分子仍不死心，为了恢复旧的统治制度，使用各种手段破坏人民革命。这一时期的文学作品大多以揭露旧社会的阴暗，歌颂新时期的光明，巩固发展民主新时期为主要内容，并且蒙古现代文学的新任务就是发展革命现实主义文学。小说《受歧视的姑娘》正符合这个条件，发表于 1929 年。也是在这一年，提出了蒙古革命

① 策·达木丁苏荣．蒙古短篇小说集［M］．新文艺出版社，1959.

② 蔡拜格密德，等．太阳照耀着自由蒙古：小说集［M］．新文艺出版社，1957.

新文学的基本准则。旧社会蒙古文学的大部分作品不是赞扬封建阶级就是深受宗教影响的蒙蔽人民的作品。起初发表《受歧视的姑娘》这篇小说时，旧社会的知识分子阻止将其发表，或者要求按照旧文学的方式修改。

一、察伦的遭遇与蒙古革命

策·达木丁苏荣的小说《受歧视的姑娘》为蒙古新文学奠定了基础，也是蒙古新文学诞生的象征。这部小说鲜明地揭露了封建制度和封建压迫，热情地号召牧民群众起来与封建制度作斗争，争取自己的解放。在这部小说中，富人宝鲁德、贪财的官吏乃阿及其他剥削者和压迫者的代表，是与雇主道林格尔、牧羊人达木丁和道林格尔一起在博克多格根军队中服役的士兵及其他被剥削者和被压迫者的代表相对立的。在封建制度的压迫和剥削下，道林格尔一家四分五裂，察伦姑娘受歧视，官吏乃阿使坏，师傅罗卜桑的虐待而儿子死去，台吉特的恶毒而苗达格出走。道林格尔和苗达格为富人宝鲁德日夜操劳干活，那时他们认为饿不死、冻不死就是这一生的愿望。但是他们并没有一直干坐着等待改变命运，而是开始追求自由并为其奋斗。道林格尔的两次出逃、苗达格的逃走等都是现实反映。

小说结尾反映了革命初期的胜利，人民获得自由，由人民主政，但是有些偏远的地方封建势力仍凶猛，发布各种谣言蒙骗人民。察伦一时做最艰辛的苦力重活，变成男人的奴隶，家里的保姆，但是她一直崇尚人身自由。尤其是遇到了因公事而忙的过路的妇女后大开眼界，去乌兰巴托读书，结束旧生活，开始了新生活。换句话说，旧社会中是被歧视的姑娘，新社会中变成了能说会写的、文明的年轻女干部。

《受歧视的姑娘》这部小说尖锐地批判了封建制度和封建压迫，呼吁人民为了自由，要反对封建制度。作者在1958年用俄文出版的《优秀作文》的前言中写道："要坚决反对残余的封建制度。我从文学责任感的角度出发写了此小说。"作家Ts.拉姆苏荣在《我的老师，参谋》这一纪念文中指出："上学后开始阅读的几篇文章中描写察伦姑娘的小说《受歧视的姑娘》最打动我的心。不知道是因为从小经历孤儿的苦难，还是我原来的生活与察伦姑娘很像，现在让我回想起刚开始读《受歧视的姑娘》时我的眼泪滴落在那本书上的情景。"小说中宝鲁德的全部财产是靠道林格尔的劳动积累起来的。没有道林格尔，宝鲁德就无法将他许多帐幕移到别处去放牧。道林格尔、达木丁和其他被压迫者的代表还顺从地套着自己的枷锁，压迫和剥削暂时还没有引起他们的反感。他们还认为宝鲁德这批人不是剥削者，而是给他们工作、使他们能够生活的恩人。可是反感逐渐酝酿成熟了。道林格尔被派到博克多格根的军队里去以后，起初是他的妻子苗达格离开了富人宝鲁德，努力安排自己的独立生活。后来道林格尔自己也产生了反感。他已不能而且不愿安于封建领主们替他安排的生活环境了，他从博克多格根的军队里开了小差。不过，道林格尔不善于对自己的奴役者进行坚决的斗争。封建制度毒害了他，压服了他。道林格尔年轻时是个聪明、愉快、机灵、敏捷的人，而在小说的结尾，读者可以看出他已经变成了一个可怜的、饶舌的老人。

小说的女主角，道林格尔和苗达格的女儿，“受歧视的姑娘”——宝鲁德和他的妻子台吉特预备将他们雇工的孩子领养为自己的儿子。可是生下来的是一个女孩儿，于是事情就变得复杂了。宝鲁德愿意领养这个孩子，而台吉特却反对。甚至预言察伦将来会堕落的。于是谁也不愿意收留这个女孩子。这部小说的名字就是由此而出。

察伦的命运和她的父母不同。道林格尔和苗达格是直到他们生命的晚期才走上反抗道路的，而察伦则在革命开始的时期，就不与现状妥协了。察伦一直反对嫁给当地有声望的一个封建领主的儿子。起初她成功了，她的母亲拒绝了这桩婚事。可是结果封建领主占了上风。他们散布谣言，说有一批“黑俄”要抢劫所有未出嫁的姑娘，她们母女俩吓坏了，就答应了婚事。叙述女主角在新家庭中的痛苦生活的几页中，有很多感人的描写。

也许有人认为，察伦会牢牢地束缚在丈夫的家庭里，别人处在她的地位也就妥协了，可是她却继续想尽一切办法来争取自由，并且从丈夫家里逃了出来。然而，当时离婚不是一件容易的事，察伦又被追回丈夫家里。

逃走失败后，察伦的生活简直无法忍受了。丈夫开始折磨她。可是她对家庭专制的反抗，却一直没有减弱。

察伦在驿站上遇见了一个过路的妇女，她的谈话给察伦灌输了新的力量。在小说中穿插这样一个人物，作者的意图一定是想表明：中央确立的新制度和新的关系开始对乡村生活产生了影响。这个过路的妇女打开了察伦的眼界，她告诉察伦，时代已经变了，现在国内已经确立了新制度，保证妇女的自由和平等，并且她还劝察伦去学习。察伦听了她的劝告，就去了乌兰巴托。从此，察伦结束了旧生活，开始了新生活。

道林格尔给富人宝鲁德放牧，成了苦力重活的奴隶，将临产的老婆一个人留在家里走了。后来他被迫参军，见识了不少人。走得多，看得多，自然也长了不少见识。因此，他反抗封建势力。

苗达格受尽了富人宝鲁德和台吉特对其身心的折磨。儿子被活活折磨死，老公道林格尔去遥远的地方参军，杳无音信，因而孤苦伶仃饱受煎熬。有苦无处说，面临苦难只能以泪洗面，无助又无力，咬着牙关一天天坚持下来。

宝鲁德已年近四十而秃顶大肚子，胡子拉碴，没有好衣服，怕老婆。借力发财，若离开雇工生活无法自理。

台吉特年近四十，急性子，口齿伶俐，心眼极坏，小气又贪财，虐待雇工，经常训斥老公宝鲁德。在老公宝鲁德面前称洛奉为“师傅”，在背地里与他私密相会。如若雇工不合她心意，就用巧妙又狠毒的手段对付人。

官吏乃阿是衙门的官吏，脾气暴躁，喜欢受贿的封建社会的贪赃枉法官吏的典型形象。文中通过官吏乃阿展现封建官吏如何剥削穷困的百姓和雇工，通过洛奉喇嘛的形象展现封建宗教蒙蔽百姓，从而压制、麻痹群众的思想。

《受歧视的姑娘》这部中篇小说较为真实地反映了革命初期的历史现实。革命虽然取得了胜利，人民政府已经掌握了政权，可是革命暂时还没有传到偏远的角落，那里在一定时期内封建领主的势力还很强盛。图什曼拉（官吏）这批人感觉到他们的政权正在消失，就采取各种各样的诡计。要是在革命以前，他们对苗达格和察伦是毫不客气的，他们会强迫这个姑娘出嫁。可是革命胜利以后，这样做是不行的，于是我们看到他们采用挑拨离间的方法，散布无耻的谣言。读这部小说的时候可以感觉到，乡村的牧民看到了自己的阶级敌人，可是还没有感觉到自己的巨大力量，不明白发生的剧烈变化，还未彻底消灭的封建领主就利用了这一点。

某种程度上说，策·达木丁苏荣对革命初期发生的实践的看法，正与其作品中的人物相同。作者自己还没有感觉到牧民群众的力量，没有在乡村里发现积极的、自觉的战士。然而，这样的战士在乡村里存在的，因为我们从历史中了解到，有很多地方的牧民废除了由封建领主世袭的旗长，而从人民阶层选举出新的旗长。另外，小说作者非常憎恨封建领主，而关怀平民百姓。然而，消灭这种不公正的制度的革命是怎样产生的？怎样使牧民成为国家政治生活中的主要角色？这一切，策·达木丁苏荣在文中却没有向读者表明。尽管如此，这部小说还是有许多可取之处。其中最突出的一点就是，作者鞭挞了封建牧主及其他恶势力对民众的压迫与剥削，展现出浓厚的人文情怀。

二、艺术特征

小说《受歧视的姑娘》在主题思想、故事情节、写作手法、形象塑造及语言运用等各个方面都具有创新意义。例如，蒙古族传统文学或者旧文学的大部分都是描写封建领主的历史事件，而这篇小说展现的则是蒙古现代的事件，并以人民为小说的主人公。旧文学作品多采用书面语，但《受歧视的姑娘》这部小说是用通俗易懂的口头语来创作的。

在艺术表达方式上，《受歧视的姑娘》这部小说运用的是革命现实主义创作方式。我们可以看到，小说以马克思主义世界观为指导方针，在革命发展中具体实际地描述生活，展现革命发展趋势和对未来的美好憧憬，高度统一了艺术的真实和革命形势。小说在蒙古文学史上初次成功地塑造了无产阶级的英雄形象，用革命思想教育人民，用生动的形象带动人们参与革命斗争。《受歧视的姑娘》这篇小说中体现革命现实主义的创作特点，作者站在无产阶级立场上，用辩证唯物主义和历史唯物主义的观点，观察生活、表现生活，从现实的革命斗争发展中真实地、历史地和具体地去描写革命历史现实，又通过典型的人物和环境的描写，深刻地反映出当时社会现实的本质。

小说《受歧视的姑娘》，语言简洁凝练，优美流畅，通俗易懂，善于运用谚语，用口头语来创作，使平民百姓更易读懂。道林格尔的有些特征与民间故事中的英雄达兰胡达拉齐很相似。体现在向官吏乃阿用石头行贿，从守卫兵手中逃走等地方。

小说《受歧视的姑娘》的批判性，在反面人物形象上表现得较为突出。富人宝鲁德和台吉特是最典型的两个反面人物形象。宝鲁德怕老婆，喜欢占小便宜、贪财，又好吃懒做，不喜欢吃苦。台吉特作为一家之主，家里家外所有的事情都需要经过她的手来处理。老公宝鲁德是典型的“妻管严”，对雇工手下不留情，为了自己的利益不惜一切代价。作者在小说中用革命思想揭露和批判了封建社会的残酷性。旧社会的面貌还是以前的样子时无论以什么为题材，大部分作品中只是把自己的想法准确地表达出来，将看到的事物清楚地描述而已。但是当新事物出现在社会生活的各个方面，还没有完全成熟稳定的情况下，把其中的奥秘完全展现出来时还缺少创作经验和技巧。策·达木丁苏荣在自己的创作中致力于展现革命改革时期的社会生活中的新现象。

《受歧视的姑娘》虚拟叙述较多，具体描写较少。挖掘现象本质，探出事物之间的细微联系，描述新人成长的历史经过之前，描写现实生活中的小事、人物外表及陈述事件的发生经过等现象是那个时代多篇文章中普遍存在的主要问题。换句话说，作者会直接陈述主人公“在干什么”，而不去具体地描写其方法和原因。

《受歧视的姑娘》虽然篇幅不长，但是其中涵盖了20年的事情。小说按照历史时间顺序进行叙述。小说在语言修辞方面通俗而柔和，对话不多。在塑造形象、事件叙述的艺术手法上没有做到细致入微，但是巧妙地运用了现实主义的手法，并在创作中起了重要作用。

策·达木丁苏荣广泛地、熟练地运用了民间创作中的财富。这部小说的语言是真正人民的语言，包含大量的民间成语、谚语和格言。当台吉特拒绝领养察伦的时候，察伦的父母说：“我们命中吃不到宝鲁德的粥饭。”在另外一个地方作者将台吉特的同情比作雨后的伞，强调说明这种同情的迟慢和无用。

婉曲辞（Литота）的运用也能证明这部小说与民间文学的关系。婉曲辞在古代的史诗中运用得很广泛。要表明事情发生在很久以前，故事家往往采用传统的格式，会说："事情发生于高峻的杭盖山脉还只是一个小丘、库苏古尔泊（蒙古国最大的湖）还只是一个水潭的时候。"

策·达木丁苏荣在运用婉曲辞方面有他的独到之处。在他的作品里，我们看到贫苦牧民的帐幕小得像一只装干牛粪的筐子，一堆干牛粪小得像脾脏，小孩子小得像手掌等。

察伦的父亲道林格尔这个角色很有意思。这是策·达木丁苏荣创作的唯一的、独特的形象。不过有些特征很像民间童话中的人物"说谎大王"。只要仔细地读一读小说中叙述道林格尔把一块石头当作银子塞给贪贿的官吏乃阿的一段以及描写这个开小差的士兵在警卫下脱逃的一章，就不难看出这一点。

需要注意的是，策·达木丁苏荣的《受歧视的姑娘》这部小说，一方面展现出了作者的卓越才能，另一方面也暴露出许多他在思想及艺术创作上的不足之处。

作者自己也承认其中有许多缺点。在这部小说的俄文译本中，他试图改正这些缺点。然而，俄文译本的几个编辑在改正作品的缺点时，也存在歪曲——他们实际上使它成了另外一部作品，所留下的仅仅是几个人物的名字和个别情节；另一方面又补充了许多策·达木丁苏荣原作中没有的人物和情节。

当然，如果道林格尔不到戈壁去，而是加入游击队，那么这部小说会变成另外一个样子。这样的转变在道林格尔的命运中是完全合乎规律的，只要看到博克多格根军队中有许多士兵1921年在游击队中为反对干涉者及其走狗而作战的情况就可以知道。这样，在这部小说的结尾道林格尔就不会是一个可怜的、古怪的老人，而会成为蒙古军队中的指挥员（俄文译本中正是这样的）。

《受歧视的姑娘》中描写察伦婚事的部分也同样。这里也可以叙述革命以后乡村中的新生活、党组织和革命青年团组织的工作。

小说《受歧视的姑娘》致力于展现当时革命改革的新面貌。这部小说是一部揭示当时社会背景下老百姓真实生活状况以及塑造劳动人民形象的轰动一时的作品。因此，它在20世纪二三十年代的文学论坛上占据着重要的地位。俄罗斯的蒙古学家Л.К.格拉西莫维奇指出："小说《受歧视的姑娘》为平民老百姓具有革命意识起到了积极的作用。""策·达木丁苏荣看世界的革命观与他较为强烈的革命精神息息相关，这也是小说思想的基本导向。"① 作者确实需要与封建主义作斗争。他认为文学有重任，他正是怀着这个想法才创作了《受歧视的姑娘》这部小说。

革命新时代不仅给人民社会生活带来稳定，还在人的思想上给予了安全感，逐渐消除了旧社会残留下来的封建主义影响。策·达木丁苏荣也从《受歧视的姑娘》这部小说开始了他的创作生涯。

---

① Л.К.格拉西莫维奇．蒙古国文学［M］．圣彼得堡：列宁格勒出版社，1965：85.

第三节　《苏莉变了》：苏莉形象的时代特征

一、创作背景及影响

作者在《苏莉变了》（1944 年）这篇小说中主要塑造了新时期改革发展中追求自由、幸福的女性形象。旧社会的妇女是家庭的奴隶、男人的仆人，没有任何自由可言，从黎明到黑夜，忙碌得马不停蹄，家里家外，无处不操心。对她们来说吃饱肚子便是最大的幸福，不敢有别的想法，也没空儿去想。直到蒙古新文化的诞生，使蒙古女性有了热爱知识和追求自由的意识。

俄国十月革命爆发后，远东国际政治局势发生了剧变，国际形势变得异常复杂。在共产国际的影响下蒙古采取了一系列措施，大力推行社会改革，带来了很大进步。

二、苏莉形象的时代特征

现代叙述学认为："在作家和作品之间，存在着一个叙述者。作家并不直接在作品里站出来叙事，而是通过叙述者来叙事。"①

① Haward S. Babb. Jane Austin' s Novels: The Fabric of Dialogue [M]. Ohil State University Press, 1962: 136.

"一部小说并不能直接归结于这个作者。"① 作家创造出故事叙述者，叙述者是叙述世界的主人，是虚构叙述世界的全权总督。小说的叙述者是独立于作者的一个存在。布斯将叙述者分为戏剧化叙述者与非戏剧化叙述者。"在叙述效果中，最重要的区别或许取决于叙述者本身是否戏剧化了，取决于叙述者的小样和特征是否与作者共有。"② 戏剧化的叙述者，其叙述功能与人物功能合二为一，叙述者作为当事人介入故事情节。但是戏剧化的叙述者有时是不可信的。小说阅读有一种基本要求，读者需要知道，在价值领域中，他应站在哪里，即需要知道作者要他站在哪里，也就是作者在写作的时候，总会将某种思想规范、道德准则和价值观念寄托在作品中。在判断叙述者可信不可信的时候，与作品中所体现的作者的思想密切相关。如果作者力图通过故事的叙述者使读者确信故事中的人物命运和时间结局是代表着作者观点的，那就是可信的叙述者。所谓的不可信叙述者，是指故事的叙述者在思想规范、道德准则、价值观念等方面与作者相对或者相反。作者似乎隐退了起来，他的人物需自己设计自己的命运，讲述自己的故事。作为角色的叙述者，他们的叙述或者聪明或者愚笨，他们的判断，或公正，或不公正。作为读者，要想把握作者所信奉的价值，就必须把叙述者的观点剔除掉，仔细判断，不能被叙述者的观点牵绊住。阅读

---

① 列·谢·维戈茨基．艺术心理学[M]．周新，译．上海：上海文艺出版社，1985.

② 阿尼克斯特．英国文学史纲（中译本）[M]．北京：人民文学出版社，1980：179.

过程中，我们发现叙述者用自己的话揭露自己的错误，无意识中暴露自己的粗野、感觉迟钝和卑微，成为字节嘲讽的对象。读者则平静地观察说个不停的叙述者，观察他赋予幽默的、不光彩的、滑稽可笑的、不正当的冲动的行为举止，读者的快感混合着对自己知识的骄傲、对物质的叙述者的奚落及与沉默的作者的共谋感。

在《苏莉变了》这篇小说中，巴图就是一个不可靠的戏剧性叙述者。“要换掉的不是我，是她。”他是如何得出这个结论来的呢？首先他发现了后两封信出自同一闲汉之手，进行了一系列的猜想；接着，巴图看见的一桩妻子背叛丈夫的事情，刺激了他猜疑的神经；最后同队伍中士兵的一番话，让他彻底否定了苏莉。

细心的读者会发现，巴图的这个结论完全是站不住脚的。因为没有任何事实根据，在巴图的臆测中作者就已经进行了讽刺。看到报纸上海西格的照片，士兵们展开了一番讨论。当有人说巴图有妻子的时候，他极力反对。“我的妻子不能跟海西格比，她是个只字不识的笨女人。况且我们已经断绝音信好几年了，我应该算是没有妻子的人。”理由看似说得过去，因此没有人反驳他。

读者和作者是站在一起的，早就对这个伪君子不满意了，所以作者借助士兵的口说道：“忘掉这样好的妻子，哪有这样的傻瓜？”接着他又说道：“妻子有好有坏。抛弃贤惠的妻子是傻瓜，抛弃丑恶的妻子却是聪明。我的妻子比起这位海西格来，简直是黑夜比白昼。光芒万丈的太阳能和锈铜盘子相比吗？苏莉又黑又瘦，像块瘦肉干，这个妇女又丰满又白皙，长得跟奶酪一样。”这位叙述者的话是多么自相矛盾啊，他抛弃妻子的理由是怀疑妻子背叛了他，妻子没有文化；但在此，我们发现真正的原因只有一个：妻子的外表又黑又瘦，他厌烦了这种糟糠之妻。那么，后来巴图发现赫依喜格就是自己的妻子苏莉时，悔恨不已，向妻子忏悔道：“我要抛弃你，我太不对了。你如果能饶恕我，我情愿永远和你生活下去。我最大的希望，就是永远和你生活在一起。”多么虚伪！在本节开头，我们就看到巴图并不理解妻子至宝般的神圣爱情，女人的爱情如高不可攀的崇山和深不见底的大海，以貌取人的肤浅男人怎么可能明白？此时的巴图，并非真的理解了苏莉的爱情，只是想跟这位海西格生活在一起罢了。我们读者并不相信他的誓言，也并不确定他会不会找出其他的理由否定现在这位海西格，爱上另外的“海西格”。

其实，苏莉就是一个弃妇形象。这个弃妇自怨自艾，为了爱情改变自己，重新挽回了一个“氓”而已。

《诗经》是我国第一部诗歌总集，《诗经》中的婚恋诗无疑成为后世爱情诗的楷模。无论是《孔雀东南飞》还是《长恨歌》，在叙事、写景、抒情方面无不承袭了《诗经》的艺术表现手法。古典诗歌中描写女性形象最常见的一些主题，如弃妇、闺怨、思妇、伤春、悲秋、惜时、相思、送别、情爱、婚姻等，在《诗经》中都有原型反映。《诗经》为女性文学作品的创作提供了众多的艺术形象和表现方法。而《氓》等的弃妇诗又以它独特的风格与题材而独树一帜。《氓》是原汁原味、典型而正宗的弃妇诗。《氓》细致地刻画了妇女在婚姻家庭中不自由、不平等的地位的现象，谴责了夫权统治对女性的凌辱，塑造了善良忠贞、刚毅反抗的妇女形象。

《氓》这首诗虽然以抒情诗的形式出现，但其中叙事占了很大的比重，跨越的时间段较长，具有完整的情节。叙述者就是弃妇，叙述了一痴情女子对负心男人始乱终弃的幽怨和控诉。与本篇小说相比，不变的是男尊女卑，喜新厌旧，所以称其为“氓”。清人马瑞辰在《毛诗传笺通释》中写道：“氓为盲昧无知之称。”从而使女性意识觉醒，由强烈的谴责转为自觉的行动，把自己塑造为女强人。

三、苏莉形象与蒙古族传统性别文化

20世纪60年代，女性主义者通过反省此前的妇女解放运动，认识到要真正实现女性解放，不仅需要争取法律的书面承认，更需要彻底改变传统本质主义的性别文化，以清除女性解放的最大隐形杀手。在这一时期，传统的本质主义哲学受到了以德里达为首的后现代解构主义者的解构。他们认为，事物不存在一个固定的、先在的、不变的根本性特征或本质，一切都是变动的、不确定的，而且与主体状况相联系，意义只存在于解释者的解释行为中。这一观点既与女性主义者不谋而合，也给了她们极大启迪。

于是，女性主义者对男女平等权利的争取由参政、就业等领域转向学术、文化领域，开始争取话语权和改变传统性别文化。她们于20世纪60—70年代提出了社会性别理论，开始系统地批判生理决定命运的性别本质主义。其核心观点是：人的性别可分为“生理性别”和“社会性别”。前者指男女天生的生物差异；后者则是指由社会性别制度和代表它的性别文化后天建构成的男女之间在群体特征、行为方式、社会分工和社会地位等方面的社会差异或不平等。前者是与生俱来、恒定不变的；后者则是人为的，是可以重构的。而且前者并不必然导致后者。因为生物学上的性别差异仅仅说明女人不同于男人，而不能证明女人不如男人，就应从属于男人；更不足以形成男女之间如此巨大的社会差异或不平等。使女性处于从属地位的原因主要是压迫女性的社会性别制度和其代表的文化，而非女性的生理特点。故生理不能决定女性的命运，男女的社会性别，即上述社会差异或不平等，并非天经地义，是可以通过改变性别文化而改变的。

从此，社会性别概念成为女性主义理论的核心范畴和批判性别本质主义的有力武器。社会性别理论对性别本质主义的批判不仅松动了传统性别文化的理论基石，证明了其非合理性，对其形成了致命冲击；更重要的是从本体论方面高度论证了两性的命运主要由自己而非生理决定，从而清除了中外传统性别文化中的宿命论错误，为先进的性别文化奠定了科学的理论基础。

第四章　策·达木丁苏荣诗歌研究

策·达木丁苏荣诗歌主要有《故事四则》（1928年）、《建议》（1928年）、《两岁的尔奥》（1933年）、《我的白发母亲》（1934年）、《少先队夏令营》（1932年）、《出游》（1936年）、《突击队员颂》《我们的士兵》《一个中国劳动者的话》《瑰丽的海洋》《高加索漫步》《阿·斯·普希金》（1937年）、《你那妩媚双眼》（1938年）、《北极星》《蒙古故乡》（1943年）、《格斯尔英雄颂》《猎人之手》《坦克手》《摇篮曲》《马奶酒舞曲》《友谊之歌》《诗三首》《新年颂》《日本军国主义者》《文化工作者之歌》《克鲁伦河》《棕色的小山羊》《献给伟大的中国人民》（1950年）、《我来到北京》《在列宁博物馆》《悲痛的消息》（1925年）、《我们的士兵》《友谊之歌》《克鲁伦河》《水仙》《知识的巅峰》（1946年）、《思念故乡》（1987年）等。

第一节　《我的白发母亲》：游子吟

策·达木丁苏荣的第一首诗《少先队夏令营》是1932年

他到新成立的夏令营探望弟弟时，应别人的请求而写的。在同一年他还写了与此类似的赞词式的诗歌《我们的士兵》《先锋称号》等。在进行初步尝试之后，富有诗歌才华的策·达木丁苏荣于1934年发表了他的力作《我的白发母亲》。

一、爱与哀愁：诗歌主题内涵

《我的白发母亲》这首力作实际上是一封诗体书信，是身在国外的儿子与留在家乡的白发母亲之间的心灵对话。蒙古当时还很闭塞，对诗人到万里之外的异国求学，一般乡亲都很不理解，以为扔下白发老母亲不侍奉，是不孝。诗人在诗中提出了自己的理想，并暗示旧的习俗与新社会的发展不相适应，应予以改变。时代要求人们冲破传统观念束缚，树立新的思想境界。

《我的白发母亲》这首诗表达了对母亲的怀念之情，又包含了深刻的思想。此诗是为亲人而作，句句发自肺腑，因而能以情动人，是诗苑中的抒情佳篇。

诗人坐在涅瓦河畔，看着静静流淌的河水，写下这些诗句，借以表明自己的心迹：

我亲爱的白发母亲啊，
儿子在国外，
耳闻种种消息，
目睹件件好事。
我在这个地方，

没有忧愁和烦恼，
请慈母放宽心怀，
不必为儿神伤。

在诗人的想象中，他的老母亲一定是：

晨昏翘首盼望，
昼夜愁绪满肠。
睡则梦，梦儿来，
醒则啼，啼儿去。
尤鲜美的饭菜，
定要留在盘里。
有清香的奶茶，
必将留在壶中。

明知慈母如此急切地等着儿子，为什么不归去呢？诗人答道：

趁父亲在世时与人交际，
乘良马在圈时游历各方，
聚财不如积累知识，
这都是我们圣贤的教诲啊！
一个人在这个世上，
难道可以一无所知地混日子？
一个男子活在这个时代，
难道可以守着家门过一辈子？

为了振兴民族，为了建设富强的国家，我们徜徉在知识的海洋中，哪怕远离亲人，也是应该的。这便是此诗的主题。诗人在诗中提出自己的理想，并暗示旧的习俗与新社会的发展不相适应，应予以改变。时代要求人们冲破传统观念的束缚，树立新的思想境界。这首诗表达了对母亲的怀念，又蕴含了奋发进取的时代精神。此诗为亲人而作，句句发自肺腑，因而能以情动人。

二、深情吟唱：诗歌艺术特征

策·达木丁苏荣写了许多歌颂自然风光的诗。如《出游》《蒙古大地》《克鲁伦河》等。这些诗以准确的描绘和生动的比喻见长。在《出游》中，他将空中千姿百态，变幻无穷的游云，比作"驮了货物的白骆驼"和"身背牛粪筐的妇女"等，从而引起读者的种种联想。同样，《蒙古大地》一诗形象地描绘了被山水点缀的杭盖地区、花草覆盖的原野和广袤无垠的戈壁滩。

富饶的杭盖山，
头戴白雪帽，
身穿绿衬衣，
腰围蓝水裙。
……

朴实无华的几笔把一座巍峨高峻的杭盖山勾勒出来。它山顶积雪，山腰被绿树覆盖，山下又有清流蜿蜒而过。

20 世纪 30 年代，策·达木丁苏荣的诗以歌颂蒙古新生活为主。到了 20 世纪四五十年代，诗人把创作题材扩大到保卫和平，发展与各国人民友谊等新的领域，写了《献给苏联人民的祝词》《我们愿天下和平》《献给伟大的中国人民的祝词》等。上面祝词都是长诗，是诗人利用传统的民间祝词形式创作的。诗中有较丰富的内容，包括社会变革、建设成就、新生活的赞颂以及各国人民的友谊等。为庆祝新中国成立一周年而写的祝词，表达了蒙古国人民对中国人民的友好情意。

祝词是民间熟悉的，也是喜闻乐见的艺术形式。作为口头文学，有它存在的合理性。然而，作家写祝词，容易受形式约束，成为泛泛之作。由于时代限制，策·达木丁苏荣的祝词中，有过分歌颂的倾向，特别是对领导人，也有不切实际的评价。

在蒙古现代作家中，在继承、学习民间口头文学，使用群众熟悉的方言方面，策·达木丁苏荣是最出色的一位。他的诗歌创作与散文小说创作一样，也是根植于民间，根植于群众之中。他吸收民间口头文学韵文作品修辞和结构上的特点，将它运用到自己的诗歌中，并加以发展与创新。无论是诗歌的外在形式，如诗行的长短、韵律的处理，还是修辞手段，诸如比喻、夸张的运用，都是如此。他的诗歌大多是二个至四个词为一个诗行，这与民间诗歌相吻合，又与诗人语言技巧娴熟、想象力丰富有关，而一些诗句就像新的格言、谚语一样，构思精当。在《我的白发母亲》长诗中，不乏这样的句子。例如：

母心在儿身，

儿心在山外；
山那边有水，
水那边有山。

诗歌言简意赅，将母子关系和儿子的理想包含在这样短短几行诗句之中。又如：

无日的白昼昏昏，
无月的夜晚沉沉；
孤僻的人难相处，
无知的人目光浅。

策·达木丁苏荣的诗，读来琅琅上口，又明白易懂，便于记忆，给人以美的享受和丰富的联想。策·达木丁苏荣的作品在群众中有众多的读者。他的一些代表作在蒙古现代文学史上占有重要地位。他的作品中简洁、精练而又丰富多彩的词语，对蒙古文学语言的形成有重要影响。他的作品与创作实践为新一代蒙古作家的成长开辟了道路，是许多文学新人学习的榜样。

第二节 《两岁的尔奥》：成长寄语

一、诗歌创作背景

1933—1938 年期间，策·达木丁苏荣在列宁格勒市的东方文学研究中心学习。《两岁的尔奥》这首诗就是在1933年25岁时所创作的，后来被收进蒙古国文学金库。诗中写道：

拼凑着AB字母，
踏进学校的大门；
学习着语文算数，
踏上前进的道路。

《两岁的尔奥》这首诗以两岁的小女孩尔奥为人物形象，让人对她产生爱护之感。诗歌中显露出当时的历史景观以及历史留给后代的教训和历史关联。这首诗已经有80多年的历史，诗歌中的两岁的小女孩如今已是90多岁的老人。

2005年，美国华盛顿大学威尔森图书馆收藏了1969年在乌兰巴托蒙古国作家协会出版社出版、由D. 策德布整理的《策·达木丁苏荣选集》。书上的扉页有著名的蒙古学研究专家尼古拉·鲍培 Nicholas N. Poppe（俄罗斯语言学家，后移居美国，在美国华盛顿大学任教，著名的东方文学家）有关给学校捐赠此书的亲笔签字（This book was presented to the Wilson Library Western Washington University by Nicholas Poppe）。另一页面上有竖体的传统蒙古文："献给尊敬的尼古拉老师，策·达木丁苏荣，1970年6月。"这是世界上唯一一份作者亲笔签名并献给老师的书。

1969年策·达木丁苏荣撰写了他的诗文集。为了表达自己的心意，1970年献此诗文集给远在美国的尼古拉老师。35年后，也就是在2005年，蒙古国的一名大学生在美国无意间读到了这本诗文集，当时被《两岁的尔奥》这首诗深深地打动。

二、形象及创作原型

1933年，策·达木丁苏荣在列宁格勒给朋友乌日图那森和妻子苏日玛扎布两岁的女儿尔奥扎（巴图纳森）庆生时赠写了《两岁的尔奥》这首诗。他朋友的女儿尔奥扎为俄文名字，有玫瑰之意。《两岁的尔奥》原名为“Хоёр настай Ро”，可以看出，这首诗就是写给他朋友两岁的女儿尔奥扎的。这首诗用传统蒙古文写的手稿依然保存在尔奥扎老人的手里。策·达木丁苏荣在1935年4月27日用蒙古文书写《两岁的尔奥》，刊登在列宁格勒东方文学研究院“Ив штурм”墙报上，策·策德布于1969年在列宁格勒东方文学研究院图书馆抄摘下来。策·达木丁苏荣在年轻时候拍的暗灰色照片背面用蒙古文写着：“请欣赏我的照片，致乌日图那森、苏日玛扎布。”诗人在诗中写道：

上进的蒙古人民，
不断进取的乌；
盛开着的苏，
成长着的尔奥。

这里的“乌”说的是他的朋友乌日图纳森，“苏”指的是朋友妻子苏日玛扎布，尔奥代表的是尔奥扎。1935年，策·达木丁苏荣去给乌日图那森和苏日玛扎布的女儿（后来改名为巴图纳森的尔奥扎）庆生时把照片原版留给他们当作纪念。

尔奥扎的父亲乌日图那森在法国巴黎的米舍莱公立学校学习，母亲苏日玛扎布 1910 年生于德力格尔盟，后来在德国里茨林根学校学习。他们 1926—1929 年间与著名作家达·纳楚克道尔基一同去德国和法国等资本主义国家的第一批学者。尔奥扎的父亲乌日图那森在从教时还出版了一些教材，后来与策·达木丁苏荣结识，成为好朋友。尔奥扎的母亲苏日玛扎布 23 岁开始在中央书店工作，她把书目都按分类做成目录。正是因为苏日玛扎布辛勤耐心的分类，为研究和阅读 B. 仁钦、策·达木丁苏荣等作家著作的人提供了查阅便利。B. 孙比亚巴特尔在《〈成吉思汗的金马杆〉的手稿和蒙古人的家谱》（2002 年，乌兰巴托）这本书里写道："B. 仁钦老师、普洱来老师是我文学研究道路上的启蒙老师，那时虽然没有在学术上取得称号，但是对学术有浓厚的兴趣……闭着眼睛都能抽出哪儿有什么书的苏日玛扎布、巴彦朱拉、达格巴等人都是有名的图书馆管理员。他们可以称得上是我们蒙古国著名的图书管理员，一点也不为过。"

尔奥扎的父母于 1933 年与策·达木丁苏荣一同去列宁格勒学习。策·达木丁苏荣 1933—1938 年在列宁格勒东方文学研究院学习，1938—1940 年被冤枉抓进监狱。不可忽视的是，他为现代文学做出的贡献永远记载于蒙古国的史册。尔奥扎生育了三个孩子，小儿子在准备赴美学习前不幸遇难，这件事给尔奥扎老人巨大的打击，成为老人心中挥之不去的阴影。没想到的是，多年后竟然在美国找到了写有尔奥扎老人的策·达木丁苏荣诗集，而且是唯一一本带有作者签名的书，也许这就是尔奥扎老人与此书的缘分。诗的第22段写道：

你像逐渐转圆的新月，
你像春天待放的鲜花；
你日日在新生，
你时时在成长。

诗的第2、第3段写道：

黑褐色的眼睛圆圆，
亮晶晶像两面明镜；
牙齿宛若海螺，
长得又白又细。

乌黑的头发细软，
好像一团生丝；
丰润黝黑的脸蛋，
典型的蒙古姑娘。

岁月如梭，诗中的小姑娘现已变成了老人，但依然有着丰润黝黑的脸庞，一看便是典型的蒙古女性。乌兰巴托电视台播出《两岁的尔奥》的专访节目时，老人在节目中澄清了当年被冤枉的那些学者和家人的事情。尔奥扎失去父母之后，这次采访中她的脸上出现了罕见的笑容和思念的泪水，也该还给家人清白的时候了。

三、作品比较

（一）《两岁的尔奥》与《我的白发母亲》之比较

作家策·达木丁苏荣给人们留下了很多诗歌作品。比如说策·达木丁苏荣在1934年写的《我的白发母亲》：

喀尔喀蒙古牧人，
哈达斤的游牧人；
平民出身的策·达木丁苏荣，
在旅居异国的时候。

想起了故乡，
忆起了乡亲；
思念起父母，
写了这首诗。

那儿有清澈的河水，
是牧草丰盛的草原；
那儿放着五种牲畜，
是盛产酸奶、马奶酒的地方。

在年迈的父亲训导下，

我成长起来；
在白发老母的抚育下，
我受了教育。

蒙古人民当时对美好生活的憧憬，孝敬父母的孝心以及对后代的美好期望，通过1934年写的《我的白发母亲》和1933年写的《两岁的尔奥》中都有所体现。例如：

搭起五个哈那的蒙古包，
在草原上放牧成群的牲畜；
将一百匹马放牧在山岗上，
将一千只绵羊收在羊圈里。

听父亲的赞美，
听母亲的祝福；
事事都为人民，
幸福永伴着你。

作者通过以上的诗句教育后代要孝敬老人，向人们传授游牧民族的文化传统，并祝福后代过上美好生活。策·达木丁苏荣在《我的白发母亲》写道：

在西北的天郊，
在大地的一隅；
在一个海水之滨，
在伟大的列宁格勒。

诗人表达对母亲的思念之情，虽然很想念老母亲，但是相隔太远，无法回去看望她老人家。

作者在《两岁的尔奥》里描写尔奥扎小时候的模样，包括她的一举一动和对祖国的热爱、对父母的尊敬及对她的期待。这两首诗的相同之处，都是表达对后代的期待、赞美尊老爱幼的崇高精神。

（二）《两岁的尔奥》与《蒙古故乡》之间的联系

1943 年，策·达木丁苏荣 35 岁时写的《蒙古故乡》中这样写道：

戴着白色雪帽，
穿着绿色木袍，
有着蓝色水麓，
我富饶的杭盖山。

这四行诗句既清晰又生动地描述了冬天的杭盖山的风景。下雪后的杭盖山如同戴了帽子，被雪盖得严严实实，山上的灌木丛就像给山披上了蒙古袍，绿绿地挺拔着，山脚下的河流清澈透明。这种栩栩如生的比喻立即把冬天的杭盖山风景拉到了读者眼前，让读者大饱眼福，充满想象。

1933 年，策·达木丁苏荣 25 岁时写的《两岁的尔奥》第 16 段中有这样的诗句：

胳膊一样大的小人儿，
穿着袖子那么大的衣服，

戴着手套一样大的帽子，
我可爱的小婴儿。

在这短短的四行诗里作者运用夸张的手法如此形象地描写了两岁的小女孩的身高及衣着。人小到只有胳膊那么大，衣服只有袖子那么长，帽子才有手套那么大。

从这两个不同的诗歌，不同的段落里不难发现，作者善于运用比喻、夸张等修辞手法，把人物和景色描绘得栩栩如生，引人入胜。

第三节　诗歌语言特点

蒙古国著名诗人策格米德·盖达布说："策·达木丁苏荣先生的诗歌读起来朗朗上口，而且易懂、易记又难忘。这是因为他语言词汇非常丰富，且具有说服力。他诗歌中的语言和修辞手法大多引用于民间口头文学的宝藏，善于运用谚语。"

一、丰富的文化内涵

（一）情感丰富

作者将自己内心的激动、喜悦及爱恨情仇全部都渗透在诗词中，语言生动，情感丰富，因而吸引读者，打动读者，能够让读者感同身受。他的诗歌《我的发白母亲》就是如此。又比如，诗歌《植物的优美》中这样写道：

你能够温暖我的身体，
你能够让我脚步轻盈，
你能够让我无法忘怀，
你能否告诉我为什么，亲爱的？

这首诗看似纸与墨，
仔细一想却是言与意，
大声朗读读出我心，
闭目回想想念曾经。

（二）思想隐晦

策·达木丁苏荣在诗歌中通常以一物充当另一物来隐晦地表达自己的思想，通过描述一件事反映另一个事件的现象。诗歌《献给苏联人民》中写道：

在那另一边，
可恶的大恶魔，
凶狠狠地盯着我们，
想要吞噬我们的肉体。
可怕的大恶魔，
虽有一张大嘴，
但是喉咙却很细，
做过的那些罪孽，

必将自食其恶果，
它们，
不久就会灭亡。

这里所说的并不是恶魔本身，而是指以希特勒为首的法西斯帝国。作者在诗中隐晦地表达了他们会为所作的罪孽付出沉重的代价，不久将会灭亡的思想。

（三）具有民歌性

民歌具有为了更清晰地表达一个意思而段落间相呼应的特点。策·达木丁苏荣诗歌中也有这种特点，如《猎人之歌》中写道：

南边的山峦上，
生长着鲜艳的花朵；
我那可爱的姑娘，
比鲜艳的花朵更美丽。

北边的山峦上，
生长着绚烂的花朵；
我爱恋的姑娘，
比绚烂的花朵更美丽。

（四）具有赞词、颂词的特点

作家策·达木丁苏荣在诗歌中使用了蒙古民间文学形式之

一的赞颂人民心愿的颂词。这个特点不仅在他写的《献给苏联人民》《献给中国人民》《格斯尔英雄颂》等诗歌中，在其他诗歌中也有所体现。

《两岁的尔奥》：

搭起五个哈那的蒙古包，
在草原上放牧成群的牲畜；
把一百匹马放牧在山岗上，
把一千只羊守在羊圈里。

对父母要尊敬，
兄弟间要友爱；
家中要相安和睦，
亲友间也要逸乐恺悌。

二、形象的比喻与高超的语言艺术

毛泽东在致陈毅的一封信中曾指出："诗要用形象思维，不能如散文那样直说，所以比、兴两法是不能不用的。""比者，以彼物比此物也"；"兴者，先言他物以引起所咏之词也"。著名文学理论家乔纳森·卡勒为比喻下的定义：比喻是认知的一种基本方式，通过把一种事物看成另一种事物而认识了它。使用比喻要准确并且要有创造性。就像有人说的："第一次用鲜花比喻漂亮女孩儿的人是天才，第二次使用的是笨才，第三次使用的是懒才。”这话说得极有道理。

《阿·斯·普希金》：

> 反动统治者黑狗，
> 外国侵略者灰狼。

这里把反动统治者和外国侵略者分别比喻成黑狗、灰狼。作者用敏锐的观察力察觉到本体和喻体之间的共性，更突出了事物的本质。

蒙古民间文学中谚语非常丰富。谚语是民间集体创造、广为流传、言简意赅并较为定性的艺术语句，是民众的丰富智慧和普遍经验的规律性总结。谚语能用简短的话语和句子说明深奥的道理，其逻辑性强，具有哲理性，并且含有一定的学问。深受民间文学影响并得益于民间文学而成才的策·达木丁苏荣，在他的作品中能准确灵活地使用谚语，因而他的作品语言丰富多彩，意义深刻。

《我的白发母亲》：

> 宝马在手游各地，
> 老父在世与人识。
>
> 只识妻子不交朋友，
> 空有马鞍不越高山。

文学是语言的艺术。著名作家高尔基说过：“语言是文学的首要素材。”文学用语言来塑造形象，著名作家都是语言巨匠。策·达木丁苏荣非常善于运用语言的魅力塑造人物形象。就像罗卜桑旺丹先生说的："他写的文章句子很短，语言偏向民间口头语，意思准确并表达透彻，语句优美，充分发挥母语的特点，巧妙地将语意和语艺结合起来，这些特点都存在于他的语言能力。他受益于民间文学的宝藏，从而成为作家出人头地。"他的文章中语言朴素自然，脉络清晰，巧用修辞，民间口头文学和古代文学的传承更为明显。

第五章　策·达木丁苏荣关于《成吉思汗的两匹骏马之传》研究

策·达木丁苏荣的研究论文中，古代文学研究有《蒙古古代文学纲要》《蒙古文学研究的一些问题》《阿阑豁阿五箭训子》《sulharni 之传》《成吉思汗的两匹骏马之传》《乌巴什洪台吉传》《狗、猫和鼠的故事》等。口头文学、英雄史诗研究有《格斯尔传》的三个特征、《格斯尔传》研究、《格斯尔传》里一些名词解释、内蒙古出版的《江格尔传》之序、乌兰巴托出版的《江格尔传》之序、新时代的蒙古民间艺人、《民间祝词者其目德·吉格迷德》《娜仁格日勒之传》。受国外影响的文学研究有《甘珠尔》藏文版中丹德尔·阿格然巴之洗礼等。

第一节　版本与内容

一、出版记录

随着人民文化水平的提高，对于研究自己民族的历史、文化的热忱越来越高涨，所以有必要出版针对研究本民族文化遗产和文学经典的研究著作。比如，16 世纪的《乌巴什洪台吉传》等未出版的文学作品还有很多。

《师徒的故事》《狗、猫和鼠的故事》等读物因采用传统蒙古文少量出版，现在读者已经很难读到了。

策·达木丁苏荣将蒙古古代文学巨作《成吉思汗的两匹骏马之传》从几个不同文稿中搜集整理并改写成西里尔蒙古文，于 1918 年首次出版，该著为蒙古族民间叙事诗。第二次出版于 1923 年，而此次出版目的是作为教材。第三次出版于 1937 年，仍为用于中学教材，此次出版由达兰扎布整理。俄文版由苏德那木和 Li. Puchkwaski 等人翻译，1935 年发表于乌兰巴托《现代蒙古》杂志第 4 期。

《成吉思汗的两匹骏马之传》多以手抄本形式流传。另一版本发现于鄂尔多斯。民间口头相传两匹骏马的故事以及关于两匹骏马的民歌等。

二、创作年代与内容分析

策·达木丁苏荣认为，《成吉思汗的两匹骏马之传》作品可能创作于 14 世纪。这种猜想的证据何在？

第一，是这部作品的思想。蒙古地区从 16 世纪开始广泛流传佛教，该时期以后创作的作品多受宗教的影响，并且这种影响必定会反映在作品之中。但是，《成吉思汗的两匹骏马之传》中没有任何关于佛教影响的内容，而萨满教的思想却在其中有明显的展现，如祭拜蓝天、宰牛祭天等习俗体现在多处。因此，猜想该作品应是受萨满教影响时期所创作。

第二，《成吉思汗的两匹骏马之传》的原文为蒙古文，并且由13—14世纪时期的语言写成。由于多次以手抄本的形式流传下来，所以在手抄的时候有些古语被替换的现象在鄂尔多斯本的《成吉思汗的两匹骏马之传》中显而易见。有些没有被替换的语言则以原话形式流传下来。举例来说，如“otygiin hun urid yav，tahiljuuriin hun tasural gui yav”这句话。这是关于古代围猎方法的说法。OTY 这个词出自 OTOX 这个词；“otygiin hun”说的是领头的探子。“tahiljuuriin hun”指的是后边防备的人。小骏马来到家乡对成吉思汗说“zhav ongdudhuigiin tedui gazar baij helev”。这里的“zhav ongdudhuigiin gazar”指的是落箭的地方。“ongdudhui”这个词在13世纪初成吉思汗碑文中就有。从那以后这个词几乎就消失了。

成吉思汗马群中的白骒马喀尔莫克，生下两匹矫健的小骏马。成吉思汗无限欢悦，并对它们进行了严格的训练。待它们长大后，成吉思汗骑着它围猎，两匹骏马跑起来好似风驰电掣，所有的良马都望尘莫及。两匹骏马追获了成群的灰狼和盘羊。围猎归来，两匹骏马因未得到夸奖而伤心落泪。于是，小骏马对大骏马说：“像爱妃一样心疼的有黑骒马，而像敌人一样对待的只有咱俩，咱们从这里逃跑吧！”大骏马没有同意它的提议，对小骏马说：“舍不得抛弃圣主、母亲和朋友们。”然而，小骏马说要去阿尔泰山古尔班查布其的地方生活，独自跑去了。心想，哥哥会不会追上来与它同去。在山脚下啃草时，大骏马飞奔过来。成吉思汗为了挽留两匹骏马全力追赶也没有赶上，便失望而归。大骏马和小骏马到阿尔泰山古尔班查布其生活了4年。小骏马无忧无虑，长得膘肥体壮，大骏马却因思念“圣主”和亲友，瘦骨嶙峋。小骏马见此不忍，遂与其兄返回马群。成吉思汗欣喜若狂，应允了小骏马放群生活8年的要求，并把大骏马封为“神马”。后来，它们参加盛大的围猎，但为成吉思汗追杀到大批野物，受到10万猎军的喝彩赞美，从此名扬四方。

第二节　艺术思想与特征

一、艺术思想

《成吉思汗的两匹骏马之传》可以从以下五个方面来分析。

第一，这两匹马并不是普通的马，它们对主人失望，而且希望能够获得自由，并且说明靠自身生活要比靠主人生活艰难得多，因此它们很快认错，回到主人身边。回来之后得到了相应的奖励。以此来看，该作主要想表达的思想是封建官吏要忠于皇帝。离开皇帝去异国他乡得不到好处。只有依靠皇帝才能得到原谅。这是封建时期反对不团结，倾向于宣扬大汗权力的作品。这种思想在1937年苏联时期的《东方学院作品》第二十六卷的第16页中出现过。

第二，不把那两匹马看作封建官吏，是老百姓的形象。老百姓离开封建官吏没有好下场。只有依靠他们，才能过上幸福的日子。这种思想也体现在布·苏德纳木的《蒙古文学的历史性概要》中。

第三，让两匹骏马失望的不是母亲和好友们，而是大汗。它们俩回来不只是因为思念大汗，还有母亲、好友和家乡。作品中写道："人类的儿子在自己的地方，骏马的儿子思念家乡。"从这句可以看出两匹骏马非常思念家乡。因此，作品中反映的思想就是无论大汗对它们有多苛刻，还是与亲友们一起在自己的家乡生活比流浪在他乡强得多。

第四，当这两匹骏马是老百姓，进一步研究它们的事迹。两匹骏马到他乡后，一个幸福，一个难过。想表明离开封建官吏的一些人会幸福，另一些人会悲伤。勇敢的会幸福，懦弱的会难过。所以不是必须回归于大汗或封建官吏的思想。另外还需要注意的是，成吉思汗让两匹骏马失望了，让它们围猎，用它们得到好处并没有回报它们，于是两匹骏马反抗他的这种做法，为了不被继续欺压，以逃跑的形式做出了反抗。

蒙古人民反抗封建官吏时经常使用逃跑的方法。老百姓无法忍受封建官吏的欺压，于是选择逃跑，以投奔好官吏。找不到好官吏，就成为流浪者，到处流浪，在山洞里生活或者皈依佛门，摆脱封建官吏的管制。有些人还成为化缘者，到处游荡。这两匹骏马的逃跑，反映了逃离封建官吏的人民的抗争精神。最后不是两匹骏马认错，而是成吉思汗向它们认错反悔。骑两匹马围猎夸奖它们是认错的一种表现。在这次反抗中胜利者不是成吉思汗，而是两匹骏马。以此体现出"没有老百姓，封建官吏什么事都做不成”的道理。两匹骏马逃跑后，成吉思汗只是想找回马，但是没有做出任何有效的办法，只是在山头上哭了会儿便回来了。失去了两匹骏马之后就没有骑的马了，也就是失去了依靠，进入了措手不及的状态。他除了用这两匹骏马围猎而成为英雄，自身并没有什么能耐。两匹骏马的归来不是因为思念主人，而是思念家乡和亲友们才选择回来。作品最后说，成吉思汗用小骏马祭天了。这么做的原因是想说老天赐给成吉思汗的马，他没有掌控好，于是还给老天了。换句话说，小骏马永久地获得了自由。从没有把两匹骏马一同祭天来看，大骏马还是在成吉思汗的掌控之中。大骏马没有勇气反抗，所以无法获得自由。小骏马勇敢地做出了抗争，从而获得了幸福。这就是提倡人民勇敢地与封建制度做出反抗才能获得自由。

第五，将这篇作品看作人与马之间的关系，而非封建官吏与皇帝或人民与封建官吏的关系。如果这样看会怎么样？不是“男人应该要爱马，女人应该要爱牛”的道理吗？游牧民族比其他民族更多地创作了有关动物的作品。比如，有关骆驼的诗歌有《孤独的小白骆驼》等，而关于赞美马的作品最多。蒙古歌曲里的情感很多都与马有关，还有不少关于马的神话传说等，甚至马还具有能够让人死里逃生、解救生命的寓意。

二、艺术特征

《成吉思汗的两匹骏马之传》主要表达的是牧人对马的爱。作者认为，如果写一个人有两匹马会显得过于平凡，为了让作品更有意义，便写成了成吉思汗有两匹骏马。《成吉思汗的两匹骏马之传》不仅是文学作品，也是文艺作品。文艺作品的角色不是非要让其成为一个阶级的代表。艺术是没有固定的标准来衡量的。所以不能把文艺作品单一地去分析，去划分等级，那样会让作品失去原有的艺术特征。真正的文艺作品应具有让所有人都能欣赏的魅力。《成吉思汗的两匹骏马之传》是一部能让人受到正确的教育并且陶冶人的情操的文艺作品。

《成吉思汗的两匹骏马之传》虽然不是长诗，但是在艺术方面值得深究。真正的文艺作品是在生活矛盾的基础上创作的。在《成吉思汗的两匹骏马之传》中，从头到尾充满矛盾。开始是大汗和两匹马之间的矛盾。大汗用马来围猎，以此获得满足。但从不赞赏它们，从而使它们失望。这种矛盾最后以“两匹骏马安心地幸福了”而告终。再如两匹骏马之间的矛盾。小骏马劝大骏马一起逃跑，大骏马从拒绝到后来跟弟弟一起逃走。小骏马长得肥膘体壮，大骏马变得瘦骨嶙峋。小骏马因简单勇敢而幸福了。大骏马顾虑太多，始终放不下太多东西，跟小骏马形成了鲜明的对比。两匹骏马各自都有内心的矛盾。小骏马逃走的路上，有各种鸟对它叫。因为小骏马心里也有点犹豫，所以就把鸟叫声当成批评的声音。小骏马下定决心要逃走，不过还是想着大骏马会不会同它一起走，并等待大骏马。一起逃走后答应和大骏马回故乡。这些心理和动作都是小骏马内心矛盾的体现。大骏马虽然刚开始没跟小骏马走，独自留下来，但后来还是追小骏马去了。大骏马对大汗、母亲和好友们很忠诚，身体跟着小骏马走了，可是心还是留在了他们的身边。作品生动地刻画了两匹骏马的心理矛盾，从而给作品添加了更多的文艺色彩。

接下来是主人的矛盾。刚开始不拿两匹骏马当回事儿，使它们失望到认错改正态度和试图把两匹骏马追赶回来，但没有追赶上。作品中结合了这么多矛盾而深受读者喜爱。主人与马之间的矛盾、大骏马与小骏马之间的矛盾、两匹骏马各自内心的矛盾及主人内心的矛盾。作者用夸张的手法形象地描写了两匹骏马的快奔、踩过比碗大的石头、踩过山脚下的花鹿等。

作者描写马的珍贵时，没有写珍贵，而用其他词来表示。成吉思汗知道两匹马逃走后说："追上我的两匹马的人不要开枪，试着套住它们。我会把牛羊均分给你们。"成吉思汗宁愿用成群的牛羊换回两匹骏马，可见两匹骏马在大汗心中的地位和价值。

两匹骏马回乡时，成吉思汗无比高兴。作者描述道："成吉思汗听到两匹骏马回来的消息，赶忙套上外套的一只袖子便出门。"成吉思汗非常着急，连衣服都来不及穿就出门了。

《成吉思汗的两匹骏马之传》用优美的诗词形式来写作，有着马头琴弹奏的可能性。成吉思汗去追赶逃走的马时，牵着它们的母亲，还领了个说书艺人。以此推敲，想让他弹奏马头琴，希望通过悠扬的马头琴声让两匹骏马回心转意。

第六章 《格斯（萨）尔传》的比较研究

俄罗斯的蒙古学学者于1958年在《哈佛亚洲研究学报》上发表了一篇《策·达木丁苏荣的〈格斯尔传〉之历史根源》（The Historic Roots of The Geseriade by C. Damdinsuren）的文章。内容如下：

《格斯尔传》是一部发源于西藏的英雄史诗。《格斯尔传》在西藏、中亚及东西伯利亚地区广为流传，但很少被文史学家研究。这部作品的大部分内容是民间口头相传而来的，而不是有理论根据的学说。策·达木丁苏荣的书是一部既严谨、文学水平又高的作品，因此广受好评。同时它也被认为是第一部由喀尔喀蒙古人创作的文献作品。这部作品的诞生，也反映了近几十年来蒙古人在文学上的成就。

策·达木丁苏荣的书在序言中分析了《格斯尔传》的内容，总结了《格斯尔传》里的一个英雄角色。神奇英雄格斯尔是一个住在西藏的历史人物，作者在此分析、评论了一些传说。

在第一章里提到，“格斯尔”不是关帝。策·达木丁苏荣说明了格斯尔实际上和“关帝”没有任何共同之处。这一章节中作者还列出了大量文献，论证了蒙古和西藏作家致力于创作“格斯尔与关帝”的相似传奇。引用约瑟夫·洛克的话，很多作者相信格斯尔的史实。策·达木丁苏荣也认可格斯尔为历史人物，但他首先阐述了自己的观点，认为“格斯尔不是成吉思汗”。这一章里，他彻底反驳了波塔宁毫无根据的理论。

下一章节中的“格斯尔”这个人物形象颇为有趣。因为他展现了目前为止众所周知的所有关于格斯尔这个人物的详细研究，比很多年以前学者尼古拉·鲍培等俄罗斯的蒙古学家出版的作品更加完善了。策·达木丁苏荣讨论了大量蒙古和少量西藏版本。其基于大量的材料（作者是《格斯尔传》之一的诺尔布·却达布）论证了这些版本与文献之间的相互关系，它包含了大量的西藏版和蒙古版的文献摘要，且互相形成比较。这一章题为《译本人物性格的总结》。作者申明，所有他研究的译本都来自原始正本。这些译本相互独立，蒙古译本单独编撰，并不来源于西藏译本。多年前研究者施密特（I. J. Schmidt）发表的版本称作《小格斯尔传》，其中第八章和第九章为扎姆卡拉诺的译本，还有蒙古文《岭格斯尔》。这些译本都和西藏译本各不相同。策·达木丁苏荣认为，这些译本并不是由政府所编制，更像是由普通人或者说是平民所汇编。他还提到《格斯尔传》反映了9—13世纪发生在西藏安多或者“岭”的一些历史事件。虽然这些传说想象都很大胆，但是格斯尔王和亚历山大大帝等与《格斯尔传》历史真实事件的反映相比，这些历史事件更加吸引人，深入研究也有利于解决这些问题。如果策·达木丁苏荣的理论被证实是唯一正确的，也不会感到惊讶。

另一章节也同样精彩。在《西藏、蒙古作品及民间传说中的格斯尔》中介绍了较多的西藏史实及材料。

最后一章《不只是结论》中，策·达木丁苏荣分析了安多藏族地区的人口构成情况，给出了关于住在西藏的郊区以及格斯尔在北部军事管辖区的蒙古人的相关数据，还绘制了一张展现《格斯尔传》里提及军事活动的图。

第一节　内容与版本

一、内容概述

《格斯（萨）尔传》的故事传遍了大江南北。中亚的说书艺人从古至今一直都在说唱《格斯（萨）尔传》。老百姓识字的阅读《格斯尔（萨）传》，不识字的常听《格斯（萨）传》来度日。民众常在家里听格斯（萨）尔英雄和他的美丽妻子的故事，并且对其中的叛徒官员感到厌恶。

除了说书艺人说唱《格斯（萨）尔传》，还有很多卷用蒙古文和藏文写成的《格斯（萨）尔传》。这部史诗一直以来对各地的专家学者有极大的吸引力。研究《格斯（萨）尔传》是从 18 世纪下半叶开始的。由于这部史诗的广泛流传，孙巴汗布依稀巴拉吉尔、察哈尔部格布希鲁布桑·楚鲁腾等人对其进行了研究。他们总结出了《格斯（萨）尔传》的特征，并且还研究了格斯尔汗的出身。

俄罗斯和西欧对《格斯（萨）尔传》的研究已有100多年的历史。关于格斯尔汗最早的消息是源于1776年俄国旅行家帕拉斯在俄罗斯发表的文章。俄罗斯学者雅·施密特出版的《格斯尔传》蒙古文本，同时被翻译成德文，于1839年在圣彼得堡出版发行。俄罗斯学者阿·鲍勃罗夫尼科夫于1849年出版的《卡尔梅克——蒙古语法》一书中，从语言学的角度研究了《格斯尔传》。苏联学者C. A. 柯津1839年将《格斯尔传》的头七部翻译成俄文时写了详细的序，并指出《格斯尔传》是属于民间的作品。俄罗斯学者波塔宁、欧洲守戒者阿·弗兰克、蒙古学者B. 劳费尔、西藏喇嘛云敦等为《格斯尔传》研究工作付出了很多努力。但也有些关于《格斯尔传》研究的学者也误解了不少内容。

有些学者认为，格斯（萨）尔不是蒙古族、藏族的英雄人物，而是其他某个地区某个作品的英雄人物。虽然有很多从别的民族传过来的作品，但是如果把每部作品都认为是从外族传过来的就是错误的看法。把多个地区文学作品的主人公合为一体会出现乱象，无法分辨出作品和主人公。弗兰克抄写《格萨尔传》时错误地写成了《科萨尔》，让其和古罗马大帝科萨尔（恺撒）变成同一个人。欧洲还有另外的旅行家写道，蒙古和藏族的格斯（萨）尔英雄是罗马和斯坦布尔皇帝的东方语形式。

1825年，著名的汉学家克拉普劳特（J. Klaproth）提供了某些有关蒙古格斯尔的资料。他根据蒙古文资料，认为格斯尔就是关云长，生在西藏和中国陕西省之间的青海一带。像这样，说格斯（萨）尔是其他民族的英雄是毫无根据的猜测。以成吉思汗的弟弟哈萨尔的名字与格斯尔的叫法相近为根据，学者波塔宁曾将格斯尔与成吉思汗联系在一起。从此开始，认为格斯尔和成吉思汗是同一个人或者说《格斯尔传》和《蒙古秘史》是同一个出身等。这种误解直到后期一直存在。就此问题，苏联学者进行过几次评论，并明确指出，格斯尔和成吉思汗没有任何关系。

研究《格斯尔传》的有些学者（克拉弗路特等）认为格斯尔是“关帝”。这是把关帝庙错误地认为是格斯尔庙造成的。

“关帝”指的是三国时期蜀汉名将关云长。民间广泛流传了关于他忠诚的传说。名著《三国志》中写了很多关于他所做的贡献。

明朝皇帝万历在16世纪末给关云长封为“帝”。17世纪初，清朝皇帝学习汉族文化，开始祭拜“关帝”，但并不了解《格斯尔传》，也没有汉文版的《格斯尔传》。

清朝时建有很多关帝庙。在甘肃省就建有65座关帝庙。除此之外，历史上，关云长和藏传佛教之间没有任何联系。格斯尔不是“关帝”，不是罗马皇帝“科萨尔”，不是成吉思汗，而是另外一个历史英雄人物。

策·达木丁苏荣在列宁格勒学习时，从1948年开始研究《格斯尔传》，并得出三个结论：第一，《格斯（萨）尔传》有其自己的特征。第二，综合来讲，《格斯（萨）尔传》是民间作品。第三，格斯（萨）尔是历史人物。

二、不同版本之异同

（一）北京版《格斯尔》

北京版《格斯尔》指的是1716年北京版的七部《格斯尔传》。苏联学者C. A. 柯津1936年将其翻译成俄文并出版。1839年俄罗斯学者施密特将北京版《格斯尔》翻译成德文，并与蒙古文版一起在圣彼得堡出版。1955年北京版《格斯尔》在呼和浩特再版。其大概内容如下：

第一章，格斯尔降临人间。那时，世间正处于混乱时期，强者欺压弱者，上层剥削下层。格斯尔降世是为了整治这种局面。掌权的霸道君主晁通诺颜将格斯尔和他父母驱逐到北方的沙漠里。他们在那儿生活得很艰辛。格斯尔变魔法把沙漠变成了绿洲，变得很富有。晁通诺颜得知这个消息后去找他们收税，于是格斯尔送给晁通诺颜一匹好马。那是个飞快的跑马，带着晁通诺颜奔跑了几天几夜，晁通诺颜因为无法拴牢马而闹心，好不容易才回到家。格斯尔小时候很贫穷，长大后娶了有名的漂亮女子茹格慕高娃为妻。在这一章节中，能清楚地看到反封建的意识。

第二章，格斯尔汗杀死了危害众多动物的山一般高的花黑虎，用皮做弓袋。这一章节主要赞扬了他的勇敢和英雄气概。同时展示了猎人的生活。

第三章，龚玛皇帝由于皇后去世而悲痛欲绝（龚玛应为尊称皇帝的藏语）。皇上拥抱去世的妻子向国民发令，让其为去世的皇后痛哭哀悼。于是就有了坐着的人坐着、躺着的人躺着、走路的人走着哀悼的规矩。为了让皇上节哀，请来了格斯尔。格斯尔使用各种方法让皇上节哀，解救了百姓的悲痛，于是娶汉族的公主回乡了。这里讲述了汉族地区为死者送葬而多日哀悼的情况。

第四章，讲述格斯尔征讨十二头蟒古斯的故事。从蟒古斯手中救出阿尔伦高娃。

第五章，讲述霍岭之战。格斯尔的叔父晁通诺颜叛国投敌，将岭国变成了锡来河的领地。锡来河三汗抓走了茹格慕高娃。格斯尔汗回到家乡严惩晁通诺颜，并救走茹格慕高娃。

第六章，一个蟒古斯装扮成喇嘛，以给格斯尔赐福的名义让其变成毛驴，带回家让它干重活。格斯尔夫人打败蟒古斯，把毛驴抢回去，将它变回了格斯尔。

第七章，格斯尔从地狱救出母亲。

有传说，这部《格斯尔传》是章嘉呼图克图在北京出版的。但是这个传说难以使人相信。因为该书于 1716 年出版时，第一世章嘉呼图克图已于 1714 年去世，第二世章嘉呼图克图罗赖毕多尔吉则出生于 1717 年。如此看来，章嘉呼图克图没有参加《格斯尔传》的出版工作。

（二）咱雅本《格斯尔传》

咱雅本，指的是旧咱雅院。此本 1930 年左右在后杭盖省会策策尔格勒市发现，现在此本在蒙古国国家图书馆馆藏，是一部共为十九章的蒙古文版《格斯尔传》，其中包括北京版的

《格斯尔传》的七章。

北京版《格斯尔传》和咱雅本两个版本的整体内容相符合，但是字句不同。也许这是两个不同的翻译者从同一个版本翻译过来的，抑或一个人熟背《格斯尔传》，后来给其他人口头相传被记录下来，成为第二个版本。这样说来，可以肯定的是咱雅本不是出自北京版的《格斯尔传》。因为，咱雅本中的藏文名称没有任何变动，但在北京版《格斯尔传》中有很多藏文名称已成为蒙古文。

在咱雅本中将北京版《格斯尔传》的有些章节分成了几个章节来写，因此该书一共为十九章。其实，除了北京版《格斯尔传》外，在咱雅本中只新增了六章。例如，第八章是格斯尔救活霍岭之战中被杀死的英雄们。第九章写了征战昂图鲁姆汗的事迹。第十章讲述的内容与北京版《格斯尔传》的第二章相似，但更为详细，语言也更加优美。打败拉克西丝汗，迎娶赛胡来高娃夫人是第十二章。最后一章是战胜纳钦汗的故事。格斯尔的夫人和侄子们参加了此次大战。

（三）蒙古文《岭格斯尔》

苏联东方研究院的手抄架上有《岭格斯尔》的两卷手抄本《格斯尔传》。这是按照苏联学者符拉基米尔佐夫吩咐，从蒙古国图书馆馆藏的母本抄下来的手抄本。关于此，符拉基米尔佐夫在选集《北方蒙古》文章中有记载。符拉基米尔佐夫写道："仔细研究此传，会对中亚和东亚多地流传的《格斯尔传》历史的研究有很大帮助。"

在《格斯尔传》里没有的较为大信息在《岭格斯尔》里就有。例如，《岭格斯尔》里有指出，创作此传人名的重要信息。在第二章的第347页上写道："岭的班弟诺尔布达格吉拉的喇嘛诺尔布却别布把岭的大部分家族在须弥山的宫殿集合，给他们一字不落地传播胜钦汗的历史传说，还用文字传播，岭的家族在这个历史末期提议有必要写进埋葬乌力吉胡图克的词，诺尔布却别布说那是吉祥舞蹈词宣传者唱了巴亚斯古楞的婚礼部分。"

这个结尾的语句虽然是白话文，但是策·达木丁苏荣对其中的几个词做出了解释。

解释一："岭的班弟诺尔布达格吉拉的喇嘛诺尔布却别布"，这句话的意思是岭国的说祝词者又是官员达格吉拉的儿子却别布喇嘛。"班弟"这个词是梵语，有说祝词者、诗人、赞扬者之意。古代该词传到藏语中，用于原有的梵语意思，因此在这个蒙古文《岭格斯尔》中的"班弟"应该理解成梵语中的说祝词者、赞扬者才对。"诺尔布"这个词与藏语中的仁钦或者蒙古语中的"额尔敦（宝）"意思相同。这个词用在人名前面，以表示其身份的高贵。

解释二：解释这段文字的意思。第一，祝词者却别布集合了岭国的广大人民。第二，却别布胜钦汗或叶赫阿日斯楞一字不落地创作格斯尔汗史，集合大家时读给他们。第三，岭的附属人民听诗人却别布的作品后求他能不能加写乌力吉胡图克之颂。

从以上解释看来，《岭格斯尔》不是口头文学，可以说是诗人却别布创作的作品。却别布不是普通人，而是格斯尔汗时期的亲信诗人。却别布在《岭格斯尔》中也有重要记录。在第二章的第 315 页上记载：格斯尔汗去世前将朝廷的事物交给自己的哥哥扎斯希吉尔的儿子奥特卡尔，军事交给顿敦，宗教事务交给了却别布。克里瓦关于《格斯尔传》的起源在西藏的民间故事中写道：“《格斯尔传》写自一个念咒作法者、大诗人、著名的喇嘛，那个诗人有一天开始吟唱《格斯尔传》，一直唱到最后，那个念咒作法者的故乡是东北卡玛，此传便是在那里被创作的。”

总结以上说法，却别布是创作《岭格斯尔》的作者。

策・达木丁苏荣认为，蒙古文《岭格斯尔》应该是近代诗人很早以前从藏文版母本翻译过来的。虽然不知道什么名字的诗人、什么年代的人翻译的，但猜想是乌里雅苏台市附近生活的近代人。蒙古文《岭格斯尔》第一卷的第 84 页和第 99 页中原版文字模糊不清，原版中有好几页夸奖扎斯希吉尔，看来略显多余，却是怕遗漏而记录的文字等，看来翻译者手中有旧的母本是肯定的。然而这个诗人不是民间说唱者，似乎是有满藏文化学识的文化人。从哪儿可以看出来呢？在蒙古文《岭格斯尔》中多处可见从藏文和满文传到蒙古文的新词。例如，第 66 页中有“错误的德木布日勒”一词。“德木布日勒（吉兆）”这一藏语刚传入蒙古语中。还有第一卷的第 104 页中有“什么达利吉”这词，满语中“达利吉雅库”的意思是“没关系”。还有“朝鲁谷日森英雄”一词，满语里“朝鲁谷仁毕”有“杰出”之意。还有现在的喀尔喀口语中有很多类似的词汇。猜想

《岭格斯尔》由藏文翻译过来。这是俄罗斯学者波塔宁于1900年从西藏找到后拿到列宁格勒图书馆的藏文版《格斯尔传》。这个藏文版《格斯尔传》中有与蒙古文版《岭格斯尔》相符的两章内容。

蒙古文《岭格斯尔》是在19世纪前后从藏文翻译过来似乎是肯定的，但是不能以此为证，把其他蒙古文、布里亚特版《格斯尔传》都看作从藏文翻译过来的。蒙古文《岭格斯尔》中奇怪的是岭国和霍尔的人民一直和谐共处。这两个国家共同的敌人是岭国的晁通诺颜和居住在霍尔的查干格尔图汗。霍尔和岭国的重要目标是听从格斯尔的指挥，追杀晁通诺颜和查干霍尔图的主要思想渗透在《岭格斯尔》里。策·达木丁苏荣认为，《格斯尔传》刚开始创作是这个目的，后来蒙古文、藏文《格斯尔传》的多种版本通过民间说唱者的弹唱而被改变。在《岭格斯尔》中，锡来河写成霍尔。霍尔不是蒙古地区，而应该是现在黄河以西的霍尔地区。

两卷厚厚的《岭格斯尔》不是完整的《格斯尔传》，只是讲格斯尔汗战霍尔三帐汗的单一卷本，共分为24部，讲的却是同一件事情。《岭格斯尔》是《格斯尔传》多种版本中非常重要的一部分。

（四）布里亚特版《格斯尔传》

布里亚特人通过民间说唱者用布里亚特语写下多种版本，有些被出版。这些出版的布里亚特版《格斯尔传》诗作语言优美，写成布里亚特式的故事。在内容方面，多种版本的布里亚特版《格斯尔传》分为两部分。一部分与蒙古文《格斯尔传》相似；另一部分不同于蒙古文《格斯尔传》。蒙古文、藏文《格斯（萨）尔传》中没有关于格斯尔后代的语句段落。但是在布里亚特版《格斯尔传》中格斯尔有几个儿子，还有针对他们的几章传记。布里亚特版《格斯尔传》中阿拉泰呼回附近的地名出现很多次。由于几百年通过说唱艺人传承下来，布里亚特版《格斯尔传》中有很多优美的故事情节，不过布里亚特版《格斯尔传》中的地名和人名与蒙古文、藏文《格斯尔传》相比少了很多。由于布里亚特人很早就与俄罗斯相邻，所以在布里亚特版《格斯尔传》中还有很多俄语，如司徒拉、布查卡、巴拉宾卡尼嘎、鲁巴什卡、苏拉达特等。

（五）卫拉特《格斯尔传》

卫拉特托特文撰写的《格斯尔传》的内容与北京版《格斯尔传》没有多大区别。卫拉特《格斯尔传》的珍贵在于它写成托特文，容易找到人名的正确读法。从卫拉特托特文写的《格斯尔传》来看，从北京版《格斯尔传》抄写的印迹较为明显。

除此之外，研究过列宁格勒图书馆馆藏的30余本《格斯尔传》手抄本后，可以找到北京版《格斯尔传》出版以前是蒙古文《格斯尔传》手抄本的证据。虽然有一个《格斯尔传》手抄本与北京版《格斯尔传》相符，但是不正确的内容比北京版《格斯尔传》少。依此看来，1716年北京版《格斯尔传》出版以前，有很多《格斯尔传》的手抄本。

（六）藏文版《格萨尔传》

法国达维德尼尔女士与藏族喇嘛云敦以格斯尔家乡的说唱者说唱的部分和自己找到的《格萨尔传》的一些章节为依据，用法语简写后于1931年在巴黎出版。他们删减了《格萨尔传》里重复的部分和佛教理论的词汇，把各种说唱者的说唱整合在一起，试图有序地排列《格萨尔传》中的故事。

这本《格萨尔传》的主要内容总体来讲虽然与其他《格萨尔传》相符，但也有很多不同之处。例如，蒙古文《格斯尔传》里格斯尔生病时晁通诺颜把格斯尔的夫人图门吉日嘎楞赶走，于是她去北方很远的地方成为一个蟒古斯的夫人。格斯尔的病痊愈之后去北方找夫人图门吉日嘎楞，格斯尔降住蟒古斯返回时图门吉日嘎楞夫人给格斯尔吃迷魂药，让他忘记家乡，留在自己身边过了很多年。其间，锡来河的汗们打到格斯尔的地盘，抢走格斯尔的另一个夫人茹格慕高娃。这件事与《格萨尔传》里写的有所不同。在这本《格萨尔传》里，格斯尔汗与北方的罗金汗打仗，打败罗金汗，娶梅萨绷结为妻。这个夫人给格斯尔吃迷魂药，让他忘记家乡。其中，关于锡来河的汗们打到格斯尔的地盘抢走其夫人的事情，格斯尔回来时他的父母用简短的话语给他讲述便了结。这里没有专门讲霍岭之战的部分。

霍岭之战在其他《格萨尔传》里有专门详细讲锡来河战争的部分。例如，在之前提到过的《岭格斯尔》里，全部都是关于霍岭之战。还有蒙古文《格斯尔传》中讲的格斯尔汗找回冤枉入地狱的母亲的部分在这本《格萨尔传》里没有。但是，这是蒙古文《格斯尔传》里没有的两个部分。其中，一个是格斯尔汗战塔吉克；另一个是格斯尔汗在木得格巴格地区的事情。

此外，弗兰克于1605年将另一个从西藏拉达克找到的《格萨尔传》的藏文母本与英文简译本一起在印度加尔各答市出版。在这本《格萨尔传》里有很多奇特的事件。这些事件没有任何顺序，是无序地串联在一起讲的。弗兰克关于研究《格萨尔传》的论文也不是很有说服力。因为他说的《格萨尔传》起源于远古时期的说法也不符合实际。

（七）藏文手抄本《格萨尔传》

苏联东方文学研究院藏文图书馆有藏文版《格萨尔传》。一是用普通藏文写的，被称为藏文手抄本《阿·格萨尔传》。二是蒙古国图书馆里馆藏的从藏文手抄本《格萨尔传》抄写的图片，被称为藏文手抄本《布·格萨尔》。三是用藏文黄字写的《格萨尔传》，被称为《瓦·格萨尔传》。四是波塔宁从西藏找到的《格萨尔传》，被称为《P-B格萨尔》。[①]

1. 藏文手抄本《阿·格萨尔传》

藏文手抄本《阿·格萨尔传》虽然有225页，但只写了格萨尔与锡来河几个汗之战结尾的部分。具体来说，格斯尔在北方的罗金或蟒古斯的家乡时听到锡来河的兵马闯入格萨尔的地盘，抢走茹格慕高娃的消息。接着讲的就是《阿·格萨尔传》

① 《P-B格斯尔传》的P-B是圣彼得堡的缩写。

的内容。《阿·格萨尔传》以格萨尔打败锡来河的三个汗，惩罚晁通诺颜终结。在藏文手抄本《阿·格萨尔传》里渗透着佛教思想。同时，《阿·格萨尔传》中反封建统治的斗争也体现在很多地方。例如，格萨尔从北方的战争返回后定下了目标：不分贫富，全民致富；和平无战争等。这些目标是很美好和令人向往的。对人民来说，没有战争，没有贫富之分，人人平等，生活幸福，这些一直都是很向往的。格萨尔汗承诺了实现被欺压人民内心向往的生活，因而《格萨尔传》也深受人民的喜爱。

2. 藏文手抄本《布·格萨尔传》

20 世纪 20 年代，在博格达活佛的书房里找到一本黄字的《格萨尔传》。此书因为年代久远而变得很旧，于是它的作者罗卜桑道尔基抄写了一遍并拍下了图片。1947 年让策·达木丁苏荣寄到列宁格勒东方文学研究院的图书馆。这本藏文手抄本《格萨尔传》只写了格萨尔汗与萨塔木汗之战的一章。其中没有提到格萨尔汗的备战情况。但是从格萨尔去敌人的地盘开始，详细讲述了格萨尔汗怎么打败萨塔木汗的经过。以格萨尔打败斯塔木汗之后让他的儿子于缇当了当地的大汗而终结故事。

3. 藏文手抄本《瓦·格萨尔传》

这本 342 页的《格萨尔传》，只讲了《格萨尔传》的一部分。同《布·格萨尔传》一样，讲的是格萨尔汗与萨塔木汗之战的事情。但藏文手抄本《布·格萨尔传》和《瓦·格萨尔传》有不同之处。《瓦·格萨尔传》不仅讲了格萨尔汗与萨塔木汗的战争，还详细地描述了格萨尔汗的备战情况。在其他 5

本藏文手抄本《格萨尔传》里没有关于备战的描写。格萨尔汗与萨塔木汗的战争在《岭格斯尔》里提到过，但只是大概写了几页。

4. 藏文手抄本《P-B 格萨尔传》

这本《格萨尔传》是俄罗斯学者波塔宁从藏族地区找到的。《P-B 格萨尔传》和从这本书翻译过来的蒙古文《岭格斯尔》区别于其他藏文、蒙古文及布里亚特版的多种《格斯尔传》，有其自身的特点。这两个《格斯（萨）尔传》有真实的历史性，还有很多故事。

《格萨尔传》的语言除了藏文，还有口语或古代藏语的可能性。可以推断，《P-B 格萨尔传》是古代文物，并且不是从说唱艺人传过来的作品，而是格萨尔汗时期的诗人却别布创作的母本。

总结关于藏文《格萨尔传》的文章，藏文《格萨尔传》虽然有几种版本，但是俄罗斯东方文学研究院没有完整的《格萨尔传》，只有上面提到的几本《格萨尔传》，分别是格萨尔的诞生、霍岭之战和萨塔木汗之战三部分。《格萨尔传》的四个不同版本与弗兰克和达维德尼尔写的加在一起也不能构成完整的《格萨尔传》。藏文《格萨尔传》是部巨著。《格萨尔传》有十三卷的猜测是因为《格萨尔传》里提到过。藏文手抄本《阿·格萨尔传》的开始部分写道："十三赞歌中的第一个。"还有在藏文手抄本《瓦·格萨尔传》的第 21 页写道："天婚的十三赞歌。"藏文《格萨尔传》中一个赞歌是一卷，所以十三个赞歌是十三卷。除此之外，也有关于十六卷的《格萨尔传》的信息。

（八）异同分析

除了蒙古文《岭格斯尔》和它的母本《P-B格萨尔传》外，从其他蒙古文、藏文《格斯（萨）尔传》之间比较看来，没有发现内容方面完全一致的。蒙古文、藏文《格斯（萨）尔传》不仅在描述的事件上不同，而且在写作手法上也有明显的区别。蒙古文《格斯尔传》总体上以散文的形式书写。藏文《格萨尔传》则既有诗歌又有散文。其中，将发生的各种事情以散文的形式书写，而说话内容则都以诗歌的形式书写。然而，每个人交谈之前都须交代自己是谁，来自什么地方。由于这种形式已成为日常，即便夫妻之间交流都要先说自己是谁，来自哪里。蒙古文《格斯尔传》里没有这种习惯。蒙古文《格斯尔传》的十三卷中只有两三卷有些地方与藏文《格萨尔传》相同，即关于格斯尔的诞生和霍岭之战的部分。其余十一部应该是独立的。不能以十三部里的两部与藏文《格萨尔传》有相似之处为据，就说蒙古文《格斯尔传》是从藏文《格萨尔传》翻译过来的，这种说法是片面的。

策·达木丁苏荣认为，蒙古人在古代时就可能从藏文《格萨尔传》中摘出了两部，或许那时藏文《格萨尔传》只有两部。后来那两部在蒙古民间广泛流传，很多年通过多个说唱者的说唱，变成了蒙古文《格斯尔传》。蒙古文《格斯尔传》出版后，将那两部从藏文翻译为蒙古文，便成了蒙古文《岭格斯尔》。人们猜测诗人却别布于一千多年前撰写的《格萨尔传》

前两部，后来变成小说和民间传说，再由蒙古族、藏族的诗人和说唱者不断修改，直至今天。

说书艺人在才艺、家族、社会等级等方面都有所不同。从民间走出来的说书艺人将格萨尔的形象定为保护老百姓，反对封建统治阶级的英雄，选最难听的语句批判晁通诺颜。但是家族显赫、出身官宦家庭的说书艺人并不把重点放在保护老百姓的方面，而是突出战争方面，说格萨尔占领世界等的同时不批判晁通诺颜，反而把他看成格萨尔的化身等。就这样，多个世纪以来，说书艺人把自己不同的想法渗入《格萨尔传》，一直延续下来。所以藏文、蒙古文、布里亚特版《格斯（萨）尔传》之间区别很大，而且有各自的特点。除此之外，西北部拉达克的《格萨尔传》和东北部安木多的《格萨尔传》也有所不同，并且各种蒙古文《格斯尔传》之间也有很大的差别。

第二节 主要特点

一、人民性

虽然《格斯（萨）尔传》的有些章节内容中有关于喇嘛和诺颜的部分，话语间则带着批判性的色彩。正如苏联学者 C. A. 柯津所言，在《格斯（萨）尔传》里尤其讥讽的是大喇嘛们。虽然《格斯（萨）尔传》里有很多关于宗教的故事传说，但是从主要思想来看，并不是写宗教的作品，而是很多地方讥讽宗教及其守护神等。《格斯（萨）尔传》中的地狱和狱王不同于《阙吉德仙女之传》里出现的地狱。《阙吉德仙女之传》里世人没有能力与地狱或狱王抗争，其强大凡人无法想象。但是，《格斯（萨）尔传》中的狱王是封建霸道官员的形象，从英雄格斯尔汗打败他，破坏地狱的情景来看，在《格斯（萨）尔传》中是以讥讽的方式描写狱王。

蒙古文《岭格斯尔》中，人民将格斯尔看作为他们的利益而奋斗的贵人。与格斯尔遇见的一位老人求格斯尔说："压住骄横的人，帮助弱小者，博取官员的心，成为人们的领导者。"格斯尔宣称自己是人民的汗，一切霸主的压迫者。

格斯尔不仅与敌人对战，还与喇嘛和诺颜们奋战。格斯尔对一个喇嘛说："你为了人们的利益什么都不做，而是以各种方式哄骗信徒，从他们骗取拜礼，你除了在寺庙里收物资其他什么也不干。"格斯尔乞求："赐予我飞翔的匹马，赐给我斩杀敌人的宝剑。"以此看来，无法说《格斯尔传》是宗教的书。

从多数《格斯尔传》来看，格斯尔小时候是吃过很多苦的贫穷的牧人。后来为了人民的利益而战，成为人们尊重的汗。虽然格斯尔是汗，但是很多传记里写成普通牧人。例如，格斯尔放牧，母亲和他的夫人挤牛奶、捡牛粪等。虽然有些《格斯尔传》里有关于诺颜上级的故事，但是普遍来看，还是保护人民利益的，是老百姓珍贵的文化遗产。

因为缺乏对《格斯尔传》的深入研究，所以也出现过将《格斯尔传》说成是佛教的书。其实《格斯尔传》并不是佛教的书，反而有很多对佛教不满的话语，甚至一些信奉佛教的地方禁止阅读和收藏《格斯尔传》。

从以上内容来看，信奉佛教者不认为《格斯尔传》是宗教的书。平民百姓欣赏《格斯尔传》，认为是有生活希望的书，是人民英雄的传，并完好地保存下来。西藏高原、辽阔的蒙古草原和布里亚特人民的说书艺人说唱《格斯尔传》，从而使《格斯尔传》流传下来。

研究蒙古学和藏学的学者及游走蒙古、西藏的很多研究者们都知道，《格斯尔传》在民间得到广泛流传。波塔宁写道："仲夏三川的农民们放戏曲，表演格斯尔汗史的情景。"这对于西藏和蒙古两个地方都没有电影院的年代来说，是个很有趣的现象。20 世纪 20 年代，法国女旅行家达维德尼尔写道："格斯尔汗的出生地卡玛的人们读、说、听《格斯尔传》时都非常认真，非常尊重。"帕拉莱斯、波塔宁、施密特、瓦拉迪米尔措等人的研究中都提到过《格斯尔传》在蒙古民间的传播。

《格斯尔传》不是佛教的书，也不是对封建官员的赞歌，而是赞颂为保卫祖国而奋斗的人民和普通百姓，提倡在这个世界上人民能够幸福生活的书。

二、历史性

蒙古文、藏文《格斯（萨）尔传》中的地名有长江、黄河源流和青海的安木多等。从此判断，《格斯（萨）尔传》是不是在格斯（萨）尔汗领导的安木多的某一件历史事件的基础上创作的。

《格斯（萨）尔传》中介绍的是安立、安木多、霍尔等藏族地区或9—13世纪的藏族地区。《格斯（萨）尔传》中没有提到关于14世纪以后建的寺庙等，而是提到很多关于7世纪西藏赞普松赞干布，8世纪的巴达玛仲尼和那个时期建的萨木亚依和拉萨的庙等。

蒙古文《岭格斯尔》中黄河、青海、玛钦柏木拉、扎里山等名称出现很多次。1000多页的手抄本，开始的50页有8个城市、25个地区、11条河流和45个人的名称。这么多地名和人名只有在手抄本里才会有。在口头传说中很难留下如此多的地名和人名。7世纪西藏开始有文字记载。以此看来，《格萨尔传》是在后期创作完成的。从蒙古文《岭格斯尔》中的叙述来看，格斯尔汗生活在11世纪，而且与藏族历史上的翻译家拉路扎瓦的关系很密切。除此之外，在《岭格斯尔》中的格斯尔的表弟南充，在藏文典籍里说他生活在10世纪末。

关于北方战争，蒙古文《岭格斯尔》中有格斯尔汗到亚尔卡玛去打仗的说法，在藏文《格萨尔传》中说那个敌人是“英雄嘎尔洛克”。《格斯尔传》的北方战争或是指佛教教徒藏族、蒙古族等民族联合成为格斯尔汗的兵，抗击入侵西藏的拉鲁教徒吉尔卢克的历史。这个战争中还有格斯尔的御前大臣嘎达尔青王。可以猜测，格斯尔汗生活在11世纪。不过虽然可以用传说故事的证据来猜测，但是得到最终的结果仍有缺憾，最终的结果需要用其他资料来佐证。这些资料如《史记》和民间传说等。

第三节 比较研究

一、藏文、蒙古文史籍等相关研究

从史籍选出与《格斯（萨）尔传》相关的一些作品来看，与《格斯（萨）尔传》相关的文学作品主要有蒙古族、藏族古代的传说和新时期具有历史性的研究成果等。

关于《格斯（萨）尔传》的古代传说是7世纪西藏松赞干布汗时期创作的观点，在作品《玛尼干布》和8世纪的巴达玛仲尼的自传《巴德玛-卡坦》里都有。巴达玛仲尼的其他作品里也有关于《格萨尔传》的传说。

在这些作品中，似乎把格萨尔写成与松赞干布和巴达玛仲尼生活在同一时代的人。而松赞干布生活在7世纪，巴达玛仲尼生活在8世纪。这给历史学家们得出格萨尔到底生活在哪个世纪的问题增加了难度，同时为欧洲学者们推测格萨尔应该活在7世纪和8世纪中间时期成为条件。达维德尼尔等有些研究者写过，也许有几个叫格萨尔的人。那么这些书到底是什么时候写成的？通过策·达木丁苏荣的研究可以发现，《玛尼干布》和《巴德玛-卡坦》这些作品不是干布、巴达玛仲尼他们自己创作的，也不是创作于那个时期。这些作品是14世纪时期创作的集子。其根据是七八世纪到14世纪的历史事件和历史人物全部都包含在这些作品中。

因为这些作品中出现了松赞干布和巴达玛仲尼之后人，所以这些作品应该是在后期创作的。《卡坦登阿》《巴达玛仲尼传》《巴德玛-卡坦》的写作手法相同，而且在诗歌结尾部分提出《卡坦登阿》和《巴德玛-卡坦》是14世纪时期叫乌尔经林巴的人找到的。据此可以判断出这些作品是同一个时期的作品，并且出自同一人，写于14世纪。拉乌费尔、图斯斯瓦、施拉根特维提等学者研究这些作品，并且得以翻译出版。关于作品《玛尼干布》，研究它的学者瓦·罗吉拉拉认为，《玛尼干布》创作于15世纪的说法有可信度。《玛尼干布》是一部把不同时期写各种事情的文章整合起来的集子式的作品。这些文章中7—13世纪发生的事件和人物尤为多。以此来看，以上提到的那些作品中说格斯尔汗生活在7世纪松赞干布汗时期或8世纪巴达玛仲尼时期的说法无法被证实，而可以说明格斯尔汗生活在7世纪以后13世纪以前。据此，可以判断出格斯尔汗生活在7世纪到13世纪之间。

根据这些作品只能推测格斯（萨）尔汗生活在7世纪到13世纪的某一时期，而无法推断出具体在哪个时期。但是这些作品中有的格斯尔汗不是故事中的英雄，而是历史上真实的人物。例如，《巴达玛仲尼传》的第七部的末尾第83页写道："有个叫满德日娃非常漂亮的女孩儿，于是很多地方的汗都想娶她为妻。印度汗送她好马、珠宝、金钱。汉族汗送她茶叶、驮着丝绸的马和壮汉配百马。孟加拉的汗送她驮着各种珠宝的三百只大象。克什米尔的汗送她多种药材。格斯尔汗送她很多刀剑。"由此可以看出，格斯（萨）尔汗是真实存在的。因为这里提到的一些地方也是真实存在的。

关于格萨尔是真实存在的历史人物的另一个根据是作品《中木卡坦》，作者心中的格萨尔的家乡就在西藏北部。还有在作品《扎拉布卡坦》的第七部关于格萨尔的家乡这样写道："在北部的格萨尔汗的家乡玩弓箭。在四方都立牌比射箭，谁射得最好就让谁登汗位。"据此可以说明格萨尔的家乡在西藏北部。还有说："去北边的格萨尔的地方，那里快马和英雄多。"

这些信息都与《格斯（萨）尔传》中描写的基本相符。《格斯（萨）尔传》中指出，格斯（萨）尔在黄河源流、青海附近的安木多地区生活。19 世纪时的敏珠尔胡图克图写道："虽然以前安木多——卡玛和蒙古出诸多才子，但是他们大多数都来西藏读书。"

格斯（萨）尔是真实历史人物的另一个根据是《玛尼干布》和《格根词典》。在这两个从藏文翻译过来的蒙古文作品中均有体现。《玛尼干布》中写关于西藏赞普松赞干布娶皇帝的公主为妻，西藏赞普松赞干布派卡尔多张-尤利斯伦去求亲。其中就谈到应该把公主许给格萨尔汗，因为混乱时期需要强大的人力，而格萨尔汗有能力提供帮助，并答复了求亲者。

俄罗斯学者库瓦列斯基将《格根词典》的部分内容摘入自己的作品《蒙古文学读本》中并出版。《格根词典》中与格斯尔相关的内容大致有：西藏的使者在庚申年的四月初八那天，带着金钱、宝盔和镶嵌绿松石的装甲等礼物，还有给皇帝写的信来拜见皇帝。与此同时，格斯尔等汗王各带百十来个使者为求亲而拜见太宗皇帝。作品中提到的格斯尔等汗王和皇帝一样是历史人物。最主要的是西藏的松赞干布娶唐朝皇帝的公主为妻是真实的历史。

总结藏文、蒙古文关于古代历史传说书本中的内容，可以看出格斯（萨）尔是历史上著名的、有才能的人。格萨尔不是西藏赞普，而是在西藏北部安木多地区生活的汗。

研究格斯（萨）尔是从18世纪开始的。原因是《格斯（萨）尔传》在民间盛传，清朝皇帝祭拜古代名将“关帝”，于是蒙古族和藏族人民联想到格斯（萨）尔汗。1779年，巴勒登业喜从西藏去汉族地区的路上给老学者孙巴汗布写信，请求他解答格斯尔汗是哪里的、哪个时期的、什么人。孙巴汗布回复巴勒登业喜的信件中写道：“格斯尔的历史如同《西游记》（《唐僧传》）一样，虽然不是真实的，但是现在很多人学着表演。格斯尔的历史过于夸大或者修饰。据说格斯尔在德日格东边的汗都德和岭国出生的。关于具体出生日期不清楚，但不是很早时期，他的亲戚也都在卡玛地区生活。”

蒙古历史学家察哈尔格布希·罗卜藏楚勒图木跟孙巴汗布一样认为，格萨尔是东北部藏族地区的汗。

18世纪的历史学家土观·洛桑却吉尼玛在《章嘉胡图克图传》中写格斯尔是西蒙古卫拉特汗的先辈。藏族和蒙古族的历史学家中，关于格斯尔具体生活在哪个时期说得最准确的人是18世纪末的历史学家云中·罗卜藏楚勒图木，他在《印度神灵传》中写道：“格斯尔汗生活在创作家莫里迪的时代，朗达玛赞普以后，博格达阿迪沙以前。”赞普朗达玛生活在9世纪，阿迪沙11世纪时从印度来到西藏，格斯尔汗是9世纪以后到10世纪或11世纪时期的人。

岭国领导20世纪初认为，自己是格斯尔的后代，而且是他的合法继承人。这是去过岭国的俄罗斯旅行家P. K. 库兹罗和20世纪初与岭国领导见面的法国女旅行家达维德尼尔等人写的。这是格斯尔汗属于历史人物的重要证据。

二、汉文史籍等相关研究

这里主要列举三个作品。一是汉文翻译成满文的《通鉴纲目》；二是尼基塔·雅科夫列维奇·比丘林的《西藏青海史》；三是弗·列·乌斯宾斯基整理概括汉文书籍翻译成俄文的作品《青海》。

《通鉴纲目》是一部简明通俗的编年通史，也是影响甚远的一部历史巨著。尼基塔·雅科夫列维奇·比丘林的《西藏青海史》是从中国两部名著摘录翻译过来的作品。他在以前的文章中写道："我正在编撰的《西藏青海史》是从中国各时期的《年鉴史》和《通鉴纲目》中包含的有关外地人和部落的加卷中摘录翻译。《年鉴史》里没有的内容是从《通鉴纲目》补录进去。"这本书不是尼基塔·雅科夫列维奇·比丘林创作的，而是从中国的史籍中翻译过来的作品。这本由俄罗斯学者编撰的书也存在很多缺憾，需要结合史籍来看，如《通鉴纲目》等。这两部作品能够相互补充。此外，尼基塔·雅科夫列维奇·比丘林的《西藏青海史》中一些没有的内容，策·达木丁苏荣从《通鉴纲目》中得以找到。弗·列·乌斯宾斯基创作的《青海》是根据除尼基塔·雅科夫列维奇·比丘林采用以外的史籍作品来完成的。

上面提到的三个作品是策·达木丁苏荣研究蒙藏《格斯（萨）尔传》时参考的书籍，为方便下文介绍简称为汉文史籍。

策·达木丁苏荣从汉文史籍中搜集关于蒙藏《格斯（萨）尔传》的资料时，不是从几千年前的史籍开始找，而是根据他之前研究的成果从7世纪到13世纪之间的这五百年的史料中进行探索研究，也就是唐朝、宋朝、女真的金朝、契丹或大辽时期。查遍这一时期的史料，主要研究的是吐蕃王唃厮啰。唃厮啰王是11世纪的人，于1065年去世。对比汉文史籍和《格萨尔传》会发现，格萨尔的原型就是唃厮啰。

格萨尔汗的原型是唃厮啰的根据主要有以下四点。

第一，《格萨尔传》中说格萨尔是在青海和黄河源流一带的汗。唃厮啰也是在青海东部的宗哥城（今青海省西宁以东）的王。他们俩的地方一致。宗哥城是现在的青海平安区。

第二，唃厮啰王是11世纪时期的人，格萨尔汗也是11世纪前后生活的人，格萨尔和唃厮啰的年代相符。

第三，唃厮啰和格萨尔的称呼非常相近，意思也相近。尼基塔·雅科夫列维奇·比丘林在《西藏青海史》第1册的第141页上从汉语翻译"唃厮啰"的解释是："藏语中唃具有博格达活佛、格根之意，厮啰意为儿子，这两个词结合之后成了唃厮啰。"其实在藏语中唃是学识之意，写作"斯赉斯"（sires），读作"斯赉"（sirai），是王官之子或阿哥的称呼。藏语中的斯赉在汉语中容易写成厮啰。因为在汉语中常把 r 读作 l，汉语中没有 rai 这个词，所以用 lai 替代。藏语中唃斯赉为有才能的人、有学问的阿哥、聪明的阿哥、博格达之意。这与历史上的解释相符。

格萨尔汗当初称唃斯赉，为什么后来有藏语中的格萨尔之名了呢？据说巴达玛仲尼的传说对此有很大的影响。巴达玛仲尼的原名在梵语中是巴达玛三巴巴（badmasambaba），翻译为藏语则成巴达玛仲尼了。巴达玛是莲花的名称，仲尼是“诞生、出自”的意思，巴达玛仲尼是“诞生于莲花”的意思。因此，有很多巴达玛仲尼不是生于父母而是生于莲花的博格达等各种传说。格萨尔是藏语中花蕊的名称。人们认为格萨尔汗是巴达玛仲尼的徒弟，是继承巴达玛仲尼作风的人，而且出于莲花的巴达玛仲尼的徒弟格萨尔是花蕊，于是把真名唃斯赉叫成格萨尔。也许祝福者却别布做了改变格萨尔名称的工作。《格萨尔传》中多次提到格萨尔是受巴达玛仲尼之命降世，并且按照他的指示完成了各项任务。这也为格萨尔名称的解释提供了依据。

除此之外，西藏有一个关于巴达玛赞普和他儿子格萨尔的古老传说。这个传说像从印度传到西藏。此传说在巴鲁木敦巴传中也有。而这个巴达玛赞普和儿子格萨尔的传说与格萨尔汗毫无关系。

第四，《格萨尔传》中有关于格萨尔的叔叔晁通诺颜，蒙古语中叫楚通，布里亚特语中叫朱当，藏语中叫图通。在历史上还有关于唃厮啰的叔叔斯都图的记载。这个斯都图就是晁通诺颜。晁通诺颜名字的开头用藏文写heru，这个有“组、楚、图、都”四种叫法。在汉文史籍中采用了“都”的叫法。“通”字后边的n在汉语中被省略了。n在汉语中转写时被省略是常有的现象。斯都图的“斯”字是来源于之前提到的藏语中的“斯赉”一词。藏语“斯赉”有很多种叫法。学者贝勒拉用英文写的《学藏文》这本书的第377页上记载，“斯赉”应读“瑟”。俄罗斯学者施密特在《藏语语法》第16页上记载，“斯赉”在有些藏语中大概叫“沙”。印度学者旃陀罗·达斯在《藏语梵语英语词典》的第1288页把“srai”写成“sras”，并在r和s下面标了两个点。标点是在标注这两个读音难以被听清。除此之外，很早以前就有人称这个词为“斯赉”，认为是保留古藏语的叫法。

结合这些情况，可以解读“斯赉”一词在汉文史籍中有时写“厮啰”，有时写“厮”是很常见的。意为“阿哥”的“斯赉”一词是用来记录家族信息的，所以写在名字前面已经成为习惯。晁通诺颜派使者的名字叫希纳吉。[1] 晁通诺颜名字前有“斯赉”一词并不奇怪。蒙古文《岭格斯尔》第二卷第213页记载为“阿哥楚通”。“阿哥”在蒙古语中是“公子、少爷”之意，与藏语中的“斯赉”一词相近。因此，汉文史籍中的斯都图与藏语中的斯赉图通和蒙古语中的阿哥楚通是一个意思，是晁通诺颜的名字。

斯都图和晁通诺颜是一个人名字的另一个考证，就是依据

① 尼基塔·雅科夫列维奇·比丘林. 西藏青海史［M］. 圣彼得堡出版社，1833：136.

《格斯尔传》中格斯尔的叔父晁通诺颜经常与格斯尔对战，格斯尔成为大汗之前晁通诺颜是岭国的汗。藏文手抄本《阿·格萨尔》的第八章记载："对于霍尔国来说查干格尔图汗是最高领导者，对于岭国来说楚通汗是最高领导者。"《扎亚格斯尔》的第一部里记载："那个时候没人敢反对晁通诺颜的话。"卡玛的《岭格斯尔》中则说："大家全都集合之后总长官是楚通，坐在最高的位子上。第二官塔尔拼坐在西边，新勒之子第三官扎杂坐在东边。"① 从此可以看出，当时楚通是总长官或者是汗。《通鉴纲目》的第八卷第三本的第 25 页记载 1004 年的事情："西藏的多名领导一起派斯都通为领导。"

《格斯尔传》中楚通把自己的哥哥、格斯尔的父亲遣到北方。汉文史籍中写，有谁敢与楚通作对，就算是亲人都毫不留情，严格处罚。以此来看，斯都通和楚通为同一个人这点毋庸置疑。

panluji 是晁通诺颜之前岭国的王。满文《通鉴纲目》卷八第 3 册第 26 页记载木龙年或者 1004 年的事情："fa 和 hoki 两个部落 mibani. zohi 和 zabuki lodun 他们暗袭哲伦部落向 panluji 王报仇。"

蒙古文《岭格斯尔》第一卷第 131 页记载："jibun 的长子却吉拉在 kuka、岭两个人的矛盾中被害。"

Jibun 在藏语中意为"大王"，是格萨尔父亲的哥哥查尔金王的尊称。藏语中的第二个 ha 字在古代蒙古文中按照规则用 ka

① 亚历山大莉娅·大卫·妮尔．岭格斯尔超人的一生［M］．巴黎出版社，1931，78.

来记录。因为 ha 和 ka 叫法容易混淆，所以 kuka 这个名字可以叫 hog。

《通鉴纲目》中的 hoki 部落的人杀了晁通诺颜的哥哥这个记载与蒙古文《岭格斯尔》中的查尔金的长子与 hog 部落打仗时丧命这个记载相符。不同的地方在于《通鉴纲目》中楚通的哥哥叫 panluji，蒙古文《岭格斯尔》中查尔金的长子叫却吉拉，这两个名字不符。但是仔细考究这两个名字并没有不相符。这不是人的专有名称，是相同意思的称呼。Panluji 是 pon-razha 这个词，pon 在藏语中是"王"的意思，razha 在梵语中是皇帝的意思，这两个词结合在一起意为"君主、帝王"。在汉语中把 r 写为 l。却吉拉在藏语中意思为书本之王，称 panluji、却吉拉两个是圣主或皇帝一样，可以说是相同意思的两个不同称呼的词。

以此来看，唃厮啰和格萨尔的叔父晁通诺颜的名字和事迹相符之外，查尔金的长子却吉拉在 hoki 部落被杀害的事情也一致。

从汉文史籍和蒙古文、藏文《格斯（萨）尔传》对比唃厮啰和格萨尔两个人的传记，很多地方都一致。下面首先将汉文史籍与《格斯尔传》举例比较。

汉文史籍：唃厮啰是西藏赞普的宗族。西藏写成吐蕃，还有按照史书上原有的样子，把王写成 kiyabu 会使读者难以理解，而且需要很多注解。策·达木丁苏荣把旧词替换成新词的方式使其简化了。

《格斯尔传》：格斯尔是岭国森伦王的儿子。森伦王被楚通放逐到北方沙漠。

汉文史籍：李忠、宾福河把唃厮啰带到青海附近的一个城市，封他为西藏的王。[①]

《格斯尔传》：有一个蟒古斯经常参与格斯尔的各种事情。蟒古斯在这里指北方人。格斯尔15岁时封他为岭国的王。

汉文史籍：唃厮啰的部落越来越强大，后来搬到充和市。[②]

《格斯尔传》（蒙古文《岭格斯尔》）：格斯尔去世之前问茹格慕夫人："我的枣骝马在哪儿？"茹格慕到外面看见格斯尔的枣骝马正往充和方向移动。

汉文史籍：1035年唃厮啰战胜了唐古特的王元胡。[③]

《格斯尔传》：格斯尔在霍尔大战后与萨塔木王打仗，战胜了他。

13世纪以前的唐古特国（现在的鄂尔多斯和甘肃一带）在汉文史籍中称之为夏。唐古特一词是在词根唐后面加了古特（蒙古文中表示复数形式）便成了唐古特，与苏伦古特、蟒固特一样。所以萨塔木一词应该是与斯坦一样，应该是有"草原"之意的藏语。

汉文史籍：唃厮啰有近七十万优秀兵。1038年皇帝向唃厮

① 尼基塔·雅科夫列维奇·比丘林．西藏青海史［M］．圣彼得堡出版社，1833：241.

② 尼基塔·雅科夫列维奇·比丘林．西藏青海史［M］．圣彼得堡出版社，1833：241.

③ 尼基塔·雅科夫列维奇·比丘林．西藏青海史［M］．圣彼得堡出版社，1833：144.

啰发出兵力援助请求。①

《格斯尔传》：格斯尔有很强的兵器。《玛尼干布》记载，皇帝的儿子说格斯尔汗能整治混乱社会。

汉文史籍：1065 年冬天，69 岁的唃厮啰去世。他的儿子敦占继承了他的汗位。

《格斯尔传》（蒙古文《岭格斯尔》）：格斯尔年迈去世。格斯尔在世时格斯尔的侄子和其他英雄们的侄子一起参加战争。侄子长大参加战争，爷爷应该是年纪大了。从此可以看出，格斯尔是年老而亡。格斯尔去世后格斯尔的养子、格斯尔去世的哥哥扎萨希和尔之子称王。扎萨希和尔的儿子是格斯尔抚养成人的。

《格斯尔传》：格斯尔的第三任妻子是美丽漂亮的茹格慕高娃。她非常漂亮，锡莱河的汗为了抢走她发起了大战。

汉文史籍：唃厮啰去世后，宋代沈冲赏封敦占为太傅。

《格斯尔传》：蒙古文《岭格斯尔》第一卷第 114 页记载："太傅岭国犹如油罐一样肥沃。"藏文手抄本《阿·格萨尔》第 4 页用藏文写塔木岭，无疑这是在蒙古文《岭格斯尔》中的塔布岭。

塔布岭或塔木岭这个词无法从蒙古文和藏文的角度去解释。太傅是汉语，只有用汉语才能解释得通。

汉文史籍：1058 年，皇帝将女儿许配给格斯尔之子敦占。

① 尼基塔·雅科夫列维奇·比丘林．西藏青海史［M］．圣彼得堡出版社，1833：145-146.

唃厮啰的外甥龙扎娶契丹、唐古特和回鹘的三个公主为妻。①

唃厮啰的家族有从契丹娶妻的习惯。契丹从 11 世纪开始叫辽或大辽。下面从藏文《格萨尔传》举例说明。

《格萨尔传》：格萨尔的母亲叫郭姆，在藏语中意为北方的女孩儿。《格萨尔传》中解释这一词时说，郭姆原是龙王的女儿，来到晁通的地方后，问她："家在哪儿?"她指向北方，所以给她取名叫郭姆（参见达维德尼尔的文章）。蒙古文《格斯尔传》中，格斯尔的母亲叫葛萨拉姆。"葛萨"在藏文中叫"衮"，藏文中的"衮"写的时候写成"葛萨"。有很多《格萨尔传》中说，格萨尔的母亲是龙王的女儿。龙用藏文写作"kluu"，读作"luu"（龙）。在《扎亚格斯尔传》中写格萨尔的第三个妻子茹格慕高娃是萨仁（月亮）王的女儿。萨仁用藏文写为萨拉，读作敖都达，北京版《格斯尔传》中写茹格慕高娃的父亲是桑鲁的王。桑鲁藏文写作 sla－klu，读作萨鲁或大鲁。

策·达木丁苏荣认为，藏语中的大鲁是大辽或者契丹的名字。格萨尔的母亲是北方鲁国的女儿，格萨尔的夫人茹格慕是大辽或契丹王的女儿。格萨尔的另外两个夫人也来自北方，格萨尔的侄子是蒙古名字。结合这一情况来看，格萨尔与蒙古族密切关联。青海和黄河的源流，从古代就不属于西藏地区，蒙古族和维吾尔族混居在那里。那边的地名现在也有蒙古名。有很多学者关于格萨尔是不是藏族这一问题也有很多研究。其中，

---

① 尼基塔·雅科夫列维奇·比丘林．西藏青海史［M］．圣彼得堡出版社，1833：159.

《关于蒙古文〈格斯尔〉的几个问题》这一文章中也有谈到格萨尔这一历史人物是不是藏族的问题。文章指出，有的学者认为："历史上的格萨尔不是藏族，而是北方民族的酋长、武士的名号。以这个名号作为王名的人，在原始社会曾和藏族打过交道，留下广泛的影响，因而这个名字成为北方民族酋长、武士的代名词。起码在吐蕃初期，还没有将他当作藏族来看待。他被藏化是后来之事。从古以来，即有以格斯尔为酋长、武士的英武名号的传统。"

从以上汉文史籍和《格斯（萨）尔传》的比较中，可以得出唃厮啰和格斯（萨）尔有关的内容中有以下共同点。

（1）唃厮啰和格萨尔生活的年代一致。

（2）居住的地方一致。

（3）他们都是安木多青海地区的王，这一事实基本相符。

（4）唃厮啰和格萨尔两个人的名字相符。

（5）格萨尔的叔父晁通诺颜（王）的名字和事迹基本相符。

（6）格萨尔的另外一个叔父却吉拉的名字和去世的时间相符。

（7）唃厮啰和格萨尔的传记基本一致。

根据这些情况基本可以说明，唃厮啰就是格萨尔的原型。《格萨尔传》是格萨尔的亲信诗人却别布撰写的，而且却别布是西藏的著名诗人。

综上所述，格萨尔是生活在11世纪的人，而且领导安木多岭国。领导小地方的王为什么成了反封建的著名人物？为什么成了这部巨著的主人公？这主要有两个原因。第一，在有些方面能够实现人民的愿望。第二，杰出的诗人却别布赞扬格萨尔，创作了受人民欢迎的关于他的诗歌。换掉压迫人民、引发混乱的安木多王晁通，格萨尔称王不仅得到了诗人却别布的赞扬，还有民间说唱艺人和人民都被格萨尔的形象所吸引。

因为封建王权对人民非常残忍，欺压贫民，所以格萨尔对他们进行反抗，并得以成功。格萨尔扶持人民，在和晁通的对战中最终胜利的还是格萨尔，最后成为安木多的王。格萨尔时期，普通老百姓为人民的利益而斗争时，真实存在的历史人物格萨尔王是否民主并不重要，重要的是在人民心中反抗欺压他们的封建统治，并且为人民的幸福而奋斗。这是《格斯（萨）尔传》具有人民性的依据。

第七章　策·达木丁苏荣其他作品研究

第一节　关于《蒙古秘史》研究

一、版本研究

策·达木丁苏荣从1940年开始对《蒙古秘史》进行潜心研究。我国学者对《蒙古秘史》的研究始于明朝洪武年间[①]，俄罗斯学者从19世纪中期开始研究《蒙古秘史》。20世纪初，日本学者对《蒙古秘史》进行了大量翻译，并加以研究，他们以翻译《蒙古秘史》为主要研究途径，在不同历史时期出现了根据不同版本而翻译的译注本和音写本。日本早期的研究属于抄本时代的研究。1901年，文廷式据其抄本多录一部《元朝秘

① 白·特木尔巴根．明代史乘著录《元朝秘史》考略［J］．内蒙古师范大学学报，1990（3）．

史》赠给内藤湖南。1902 年，内藤湖南发表了《蒙古文元朝秘史》一文，载于《史学杂志》第 3 编第 3 号，成为日本研究《蒙古秘史》的开端。[①] 20 世纪 30—40 年代，蒙古人开始用蒙古文研究《蒙古秘史》。策·达木丁苏荣用蒙古文从学术研究的角度系统研究了《蒙古秘史》。

策·达木丁苏荣原本研究方向为蒙古古代文学，而且在此方面，最初取得较大研究成果便是将这部集蒙古历史、文学、语言为一体的蒙古文历史典籍《蒙古秘史》翻译成现代蒙古文。策·达木丁苏荣就如何开展《蒙古秘史》的翻译工作说道："我在列宁格勒学习的时候，根据专家学者们的讲座稿，经蒙古学研究家 C. A. 柯津（1876—1956 年）老师的指导，有了研究《蒙古秘史》的想法。于是，1940 年启动了将《蒙古秘史》翻译为现代蒙古文的工作。虽然有时候觉得这项工作对我来说超出了我的能力范围，但还是放不下。东西方有很多专家学者致力于将汉文写的《蒙古秘史》翻译成多个语种，但仍没有完整地翻译为现代蒙古文，所以我翻译 12 部，总共耗时 7 年时间。不过这项工作的确给我带来了一点名气和功劳。"

蒙古国科学院编辑出版的《科学》杂志于 1941 年刊载的研究论文《蒙古秘史之序言》中写道："人类的语言文化与文本有很深的联系。经济和文化的发展虽然不能像植物的生长一样迅速，但它的根源被启发，从而打开了文学的花蕾。每个民族都有这种文学的花蕾，有文学典籍。我们蒙古有《蒙古秘

① 乌云高娃. 日本关于《蒙古秘史》的研究状况［C］//中西初识二编：明清之际中国和西方国家的文化交流之二，2000.

史》《黄金史》《格斯尔传》《成吉思汗的两匹骏马之传》等典籍。”策·达木丁苏荣将这里提到的《蒙古秘史》《黄金史》《格斯尔传》《成吉思汗的两匹骏马之传》等作品，在原本上撰写序言，并附注解，一同出版。

策·达木丁苏荣将《蒙古秘史》从古代蒙古文翻译为现代蒙古文，恰逢《蒙古秘史》创作700周年。1947年出版时，以保持不失原意、保留原有艺术风格为主要原则。从古代蒙古文翻译为现代蒙古文（西里尔蒙古文），这项工作看似简单，做起来却很艰难。中间会遇到很多问题，需要克服种种困难，翻阅大量文献资料才能得以完成。

策·达木丁苏荣翻译《蒙古秘史》时，翻阅了多部《蒙古秘史》的原著，厘清了原本模糊的地方，补充了原来缺少的部分内容，从学术研究的视角，仔细研究，精确翻译。700多年前所著的《蒙古秘史》，与近代蒙古文修辞手法和词汇都大有不同。策·达木丁苏荣为此付出了大量的时间和精力。他用7年时间，于1947年成功地完成了这部巨著的翻译工作。策·达木丁苏荣翻译的《蒙古秘史》出版后，在60多年的时间里分别用传统蒙古文和西里尔蒙古文再版了21次。其时间顺序如下：

（1）《蒙古秘史》（古代蒙古文翻译为现代蒙古文），乌兰巴托，1947年，283页。

（2）《蒙古秘史》，Мүгдэн（穆格登），1956年，378页。

（3）《蒙古秘史》（第2版），古代蒙古文翻译为现代蒙古文，乌兰巴托，1957年，254页。

（4）《蒙古秘史》，Мүгдэн（穆格登），1957 年，378 页。

（5）《蒙古秘史》（第 3 版），嘎丹巴，乌兰巴托，1976 年，239 页。

（6）《蒙古秘史》（第 4 版），嘎丹巴，乌兰巴托，1990 年，255 页。

（7）《蒙古秘史》，蒙古人文研究院，乌兰巴托市老年文化中心出版，达·仁钦道尔基手写，乌兰巴托，1990 年，186 页。

（8）《蒙古秘史》（《蒙古文学精品》一〇八卷中的二十五卷），嘎丹巴，乌兰巴托，1997 年，186 页。

（9）《蒙古秘史》，蒙古族古代文学丛书，呼和浩特，1997 年，199–496 页。

（10）《蒙古秘史》，孟和乌斯格出版社，乌兰巴托，2003 年，192 页。

（11）《蒙古秘史》，SH. 帕拉玛道尔基、格·米雅格玛日桑布主编，乌兰巴托，2004 年，307 页。

（12）《蒙古秘史》，SH. 帕拉玛道尔基、格·米雅格玛日桑布主编，乌兰巴托，2004 年，140 页。

（13）《蒙古秘史》，格·米雅格玛日桑布、B. 达西普查嘎审核，《我的蒙古》杂志社，乌兰巴托，2004 年，140 页。

（14）《蒙古秘史》（新版第 2 版），蒙古文学精品一〇八卷中的一卷，乌兰巴托，2005 年，197 页。

（15）《蒙古秘史》，SH. 帕拉玛道尔基、格·米雅格玛日桑布主编，乌兰巴托，2006 年，144 页。

（16）《蒙古秘史》，呼和苏德尔出版社，乌兰巴托，2006

年，254 页。

（17）《蒙古秘史》（第 5 版），嘎丹巴，《蒙古文学纲要》第一卷，乌兰巴托，2007 年，5-144 页。

（18）《蒙古秘史》，苏云布出版社，乌兰巴托，2007 年，192 页。

（19）《蒙古秘史》，呼和浩特，2007 年，145 页。

（20）《蒙古秘史》，L. 贡其格道尔基，JDA 出版社，乌兰巴托，2007 年，174 页。

此外，策·达木丁苏荣翻译的西里尔蒙古文版《蒙古秘史》还翻译成保加利亚文、西班牙文、波兰文、图瓦文、卡尔梅克文、哈萨克文、中文、捷克文等多个文种，例如：

（1）《蒙古秘史》，谢再善汉译，北京，1956 年，276 页。

（2）《蒙古秘史》（哈萨克文），C. Магауия 译，1979 年，150 页。

（3）《蒙古秘史》（布里亚特语），CH. 那木吉拉布译，乌兰乌德，1990 年，170 页。

（4）《蒙古秘史》（哈萨克文），C. Магауия 译，乌兰巴托，2002 年，154 页。

翻译过程中，为策·达木丁苏荣提供帮助的那木斯赉·苏德那木（Намсрайн Соднам，1923—2002 年）院士在回忆录里写道："将《蒙古秘史》翻译为现代蒙古文时我做了记录工作。策·达木丁苏荣先生把 C. A. 柯津（1879—1956 年）、埃里希·海尼士（Erich Haenisch，1880—1966 年）的书（俄文、德文版）、《黄金史》和《蒙古秘史》等多个书籍放在书桌上相互比较后进行口述，让我去写。”蒙古学者给予策·达木丁苏荣很高的评价。13 世纪，“读者清楚地理解内容，但是现在来说很多字句的含义都无法理解，策·达木丁苏荣非常准确地挖掘其意，翻译得很精准”。

策·达木丁苏荣再次出版《蒙古秘史》时，修改得非常认真仔细。比如，《蒙古阔迭额·阿剌勒秘史》1957 年第 2 版第 282 节中写道：“举行了极为隆重盛大的最高国事会议后，鼠儿年（1240 年）七月（хулан сар 忽阑·撒剌），帐殿（хааны орд）群驻扎在客鲁涟河的阔迭额（хэрлэнгийн хөдөө）·阿剌勒的朵罗安·孛勒答黑与失勒斤扯克两山之间期间，写毕（此书）。”1990 年第 4 版第 282 节中修改道：“举行了极为隆重盛大的最高国事会议后，鼠儿年（1240 年）七月（хуран сар 忽然·撒剌），帐殿（хаан орд）群驻扎在客鲁涟河的阔迭额（хэрлэний хөдөө）·阿剌勒的朵罗安·孛勒答黑与失勒斤扯克两山之间期间，写毕（此书）。”

俄罗斯学者 C. A. 柯津和德国学者埃里希·海尼士对《蒙古秘史》进行了非常认真仔细的研究，在《蒙古秘史》研究的历史上占据着很高的地位。策·达木丁苏荣这样记录俄罗斯学者 C. A. 柯津的研究成果：苏联学者柯津研究《蒙古秘史》取得了重大成就。他在 1941 年出版了蒙古文《蒙古秘史》。这是一本有 45 个版面的书，下面简要介绍其内容：

（1）序。这里有：

阿：综述。

巴：将汉文《蒙古秘史》用回鹘蒙古文写。

瓦：蒙古文学典籍《蒙古秘史》。

格：《蒙古秘史》和后期的典籍，这些作品包含在序里面。

(2)《蒙古秘史》的俄文版翻译。

(3)《蒙古秘史》蒙古文原文之拉丁字母音写。

(4) 从罗藏丹津的《黄金史》与《蒙古秘史》相符的内容用拉丁文字转写。

(5)《蒙古秘史》按照回鹘蒙古文的样子用拉丁文转写。

(6)《蒙古秘史》词典。这里，阿类排序的词典和巴类排序的词典，包含在第一本词典里。第二和第三本词典中试图出版《蒙古秘史》研究、注解扩展、汉语母本等，但到目前为止还未出版。学者 C. A. 柯津还没有完成编撰。这是《蒙古秘史》研究方面的一部巨著。①

二、内容与特征

(一)《蒙古秘史》的翻译

策·达木丁苏荣的翻译，有效地结合了历史和文学，将《蒙古秘史》的原意完整地表达出来，并且将原文原始思想、当时蒙古人的内心想法、蒙古人欣赏的艺术水平，按照 700 年后近代蒙古人的思想翻译而成。策·达木丁苏荣翻译的《蒙古秘史》从蒙古语言文字、蒙古诗歌及蒙古史角度出发，为其今后的研究做了铺垫。因此，《蒙古秘史》永存于蒙古学研究史

① 策·达木丁苏荣．蒙古文学史［M］. 内蒙古人民出版社，1957：70.

册。1947年，策·达木丁苏荣因翻译《蒙古秘史》而获国家奖。

蒙古学界评价称，C. A. 柯津将《蒙古秘史》与学术研究注解一起翻译成俄文发表，成为过去一个世纪俄罗斯东方研究者工作的科学性转变和指引。因此，策·达木丁苏荣对 C. A. 柯津关于《蒙古秘史》的研究工作进行了详尽的介绍，希望为《蒙古秘史》以后的研究工作起到参照作用。①

《蒙古秘史》的第214节的开头写道：

> "basa cinggis－qahan boroqul－a ugulerun eke minu sigi－qutuqu boroqul gucu kokocu ta dorben－ni irgen－u nutuq－aca koser－ece kol－dur－iyen durujuu ko'ucilen asaraju teji'ernu guju'un－ece tanu tataju gu'un －lu'e saca'un bolqaju emgem－ece tanu tataju ere－lu'e saca'u bolqaju ko'ud－u'en man－a nokor se'uder bolqasu ke'en teji'eba－je tani teji'eksen haci－ban eke－de maqa minu kedui haci tusa qari'ulba ta."

策·达木丁苏荣用精美又极简明易懂的文字对此段文字进行了翻译：

> "成吉思汗又对孛罗忽勒降旨说：'朕的母亲从百姓营地上拾得的失吉·忽秃忽、孛罗忽勒、古出、阔阔出你们四人抱在自己膝下做了养子，养育你们成长，做朕的友伴，做朕的影子。对朕母亲的养育之恩，你们已经有了

① 巴·苏和. 策·达木丁苏荣与《蒙古秘史》研究［J］. 中国蒙古学（蒙古文），2009，(2).

报答。’”

俄罗斯蒙古学家 К. Н. Яцковская 对策·达木丁苏荣给予了很高的评价。他写道：翻译家策·达木丁苏荣诸多名著中可以说独一无二的作品就是他从古代蒙古文翻译为现代蒙古文的《蒙古秘史》。

1988 年，在呼和浩特举行的《蒙古秘史》研究国际会议上中央民族大学的教授贺希格陶克陶指出："策·达木丁苏荣的翻译向每个蒙古族同胞们介绍了《蒙古秘史》这部巨著，意义重大。"策·达木丁苏荣的翻译，不是局限于原文的每字每句，而是遵循"信、达、雅"的原则，在忠实于原文的基础上结合时代的发展和人类思维的变化，使文章顺通而具有艺术风格。策·达木丁苏荣对《蒙古秘史》的翻译有其自己的特色，正是因为他的努力，使得后人才有幸更加了解《蒙古秘史》，了解蒙古族历史和文化。

《蒙古秘史》的翻译为国内外众多学者，尤其是为蒙古学研究者的阅读提供了便利，为更好地开展学术研究做出了重大贡献。

（二）《蒙古秘史》的作者

《蒙古秘史》的作者、创作年代和创作地点始终是国内外学者最有争议的问题。对于这个问题，策·达木丁苏荣经过系统研究，提出了自己的看法。他认为，《蒙古秘史》是由参与历史事件发生的蒙古地方的蒙古人所创作的，并且有很大的可信性。

因为《蒙古秘史》结尾中写道："会聚在一起举行了极为隆重盛大的最高国事会议后，鼠儿年忽阑·撒剌，帐殿群驻扎在客鲁涟河的阔迭额·阿剌勒的朵罗安·孛勒答黑与失勒斤扯克两山之间期间，写毕（此书）。"这里说的客鲁涟，就是克鲁伦，当时称之为客鲁涟。策·达木丁苏荣认为，阔迭额·阿剌勒就是在克鲁伦河湾的巴音乌兰山。这样想的依据是现在的诚格尔河或者古代的桑沽儿河在巴音乌兰的东边，而且诚格尔河流入克鲁伦河，因此巴音乌兰的形状是半岛形。

《奉天命而生的摩诃·三摩多王的继承书》这本史书中记载："二十八岁时成吉思汗己酉年在清澈的克鲁伦河的阔迭额·阿剌勒广阔的德力格尔罕建立金殿登上了汗位。"这本史书馆藏于蒙古国图书馆。

19世纪的蒙古文史籍《水晶鉴》也记载：在克鲁伦河的阔迭额·阿剌勒的德力格尔罕成吉思汗登上了汗位。《水晶鉴》虽然是末期的历史，但写的是古代的事情。

现在的巴音乌兰有两座山峰。一个叫"巴彦罕"，另一个叫"德力格尔罕"。阔迭额·阿剌勒有荒野之意。将森林和荒野之间的巴音乌兰山都可称为阔迭额·阿剌勒。除此之外，还有在阔迭额·阿剌勒的朵罗安·孛勒答黑写的《蒙古秘史》的说法。朵罗安·孛勒答黑在哪里？巴音乌兰山的山前有三四十公里广阔的草原，现在称之为巴彦的哈日塔拉。这个草原的西北角也就是巴音乌兰山的西南山腰、克鲁伦的河边有现在叫"朵罗安"的七个土丘。这些土丘虽小，但是很可爱，形状也很奇怪。这里是古代的亦和徒弟的故乡，称之为朵罗德的故乡。

朵罗德的人民祭祀朵罗德山。古代的朵罗安·孛勒答黑应该是现在的这个朵罗德。《蒙古秘史》里提到的失勒斤扯客似是一个湖的名字。现在从朵罗德东南方向四五公里处有个叫扎木格图的漂亮的湖。我想这个可能就是失勒斤扯客。巴彦的哈日塔拉是有十来个小湖的草原。

《蒙古秘史》中简略地写了12世纪时蒙古发生的事件及13世纪初或1200年到1240年的事情，是按年代顺序记叙的。在这里，将在蒙古发生的事情做了较详细的记述；蒙古以外发生的事情则简略地做了记述。以此看来，撰写此书的人亲自参与了蒙古发生的事情，并且在蒙古以外发生的事情并没有参与。《蒙古秘史》究竟是谁创作的，还不得而知。但可以肯定的是，由成吉思汗的亲信之一或几个人一起创作。从能够详细地知道成吉思汗宫殿里的内部事情看来，亲信是毋庸置疑的。也许是失吉忽秃忽所创。失吉忽秃忽懂畏兀儿蒙古文。他是成吉思汗的亲信，而且他身兼断事官的职务，也是将成吉思汗的圣旨记录在蓝书白纸上的人。①

策·达木丁苏荣在以上的叙述中表达了自己对《蒙古秘史》中有些问题的看法。他认为，《蒙古秘史》的作者是失吉忽秃忽，而这个问题也是《蒙古秘史》研究中最有争议的问题之一。关于《蒙古秘史》的作者问题，学术界有不同的观点。一部分学者认为，《蒙古秘史》是由一人撰写的；有些学者则认为，《蒙古秘史》不是由一人撰写，而是由若干人著述而成。

---

① 策·达木丁苏荣．蒙古文学史［M］．内蒙古人民出版社，1957：89-92.

这种观点首先由内蒙古大学学者亦邻真教授提出。他认为，《蒙古秘史》的作者不是一人，寻找《蒙古秘史》的作者是徒劳之事，且难度非常大。

巴雅尔在《关于〈蒙古秘史〉的作者和译者》[①] 一文中，反驳德国学者海涅士提出的《蒙古秘史》作者为“失吉忽秃忽”的观点，指出《蒙古秘史》的作者为右丞相镇海、必阇赤长怯烈哥、必阇赤薛彻兀儿等人。[②] 日本学者小林高四郎在《元朝秘史研究》中，列举《元朝秘史》第 260 节中与成吉思汗三个儿子术赤、察合台、窝阔台征服乌尔根赤城之事相关的内容，否定了《蒙古秘史》的作者为“失吉忽秃忽”。小泽重男认为，《蒙古秘史》是由若干人撰写的（这种观点首先由内蒙古大学学者亦邻真提出），正卷部分是由成吉思汗黄金家族的人或是与他们亲近的人写成的，尤其可能是太宗窝阔台的近臣；续卷部分是由成吉思汗第四子拖雷及其后裔蒙哥、忽必烈的亲近之臣（《元朝秘史》第七章，1994 年版）写成的。[③]

（三）《蒙古秘史》的创作年代

关于《蒙古秘史》的研究中，还有一个最为有争议的问题就是其成书年代问题。策·达木丁苏荣认为，《蒙古秘史》的

---

① 卢明辉，余大钧，高文德．蒙古史研究论文集［M］．北京：中国社会科学出版社，1984：169.

② 乌云高娃．国内关于《蒙古秘史》的研究状况［J］．中国史研究动态，2001.

③ 乌云高娃．日本关于《蒙古秘史》的研究状况［C］//中西初识二编：明清之际中国和西方国家的文化交流之二，2000.

结尾所述鼠儿年忽阑·撒剌，即为1240年7月。1240年说，是史学界公认的说法。最早认为《蒙古秘史》成书于1240年的是清代学者徐松、李文田等人，屠寄和陈彬和也持这一观点。李文田在其《元朝秘史注》① 中指出："按太宗崩于十三年辛丑十一月，其鼠儿年则十二年庚子也。"这里所谓"太宗崩于十三年辛丑"，即指元太宗窝阔台死于1241年之事；"其鼠儿年则十二年庚子也"，即指《蒙古秘史》成书于1240年。

还有1228年说，首先提出《蒙古秘史》成书年代为1228年的是清末学者丁谦。1901年，丁谦在《元秘史地理考证》②中指出："按《秘史》末条，明大聚会著，鼠儿年写毕。鼠儿年，戊子也。元太祖殁于丁，次年大会诸王公，议立新君，书即成于是年。"这里所谓的"元太祖殁于丁亥"是指成吉思汗于1227年去世；"次年大会诸王公，议立新君，书即成于是年"即指1228年。

1927年，陈彬和在其选注的《元朝秘书》新序中，对于丁谦的1228年说提出了反对意见。他认为，1228年太宗窝阔台还没有即位（1229年即位)，《蒙古秘史》1228年成书的话，怎能记载太宗当国之事呢？并对《蒙古秘史》成书于1240年说进行辩护。内蒙古学者甄金在《试析〈蒙古秘史〉成书年代》一文中指出，《蒙古秘史》是由序文、正文、续文、结束语四部分组成。通过对《蒙古秘史》序文、正文和结束语三个

---

① 李文田．元朝秘史注［M］．光绪丙申年渐西村舍刻本，北京：商务印书馆，1931，(15)：10.

② 丁谦．元秘史地理考证（元秘史作者人名考）［M］．浙江图书馆丛书本，1901：2.

部分的研究，提出成书于1228年的说法。

还有1252年说，这一观点，首先由法国学者格鲁塞提出（1941年）。40年后，国内学者余大钧极力支持这一观点。他在《〈蒙古秘史〉成书年代考》[①] 一文中，反驳1228年说和1240年说的观点，认为缺少理论依据。他指出，《蒙古秘史》成书于壬子年七月，即1252年8月。

亦邻真则持《蒙古秘史》不是一次成书的观点。他在《蒙古秘史》还原本序文中指出："《蒙古秘史》成书年代问题是个没有结果的问题，因为这部书不是一次修成的。鼠儿年，即1228年甲子，只是写成第1—268节的初稿时间。"此外，洪业在《〈蒙古秘史〉源流考》一文中，提出了《蒙古秘史》的著书年代为1264年的说法。[②] 日本学者那珂通世、岩村忍、服部四郎等人持《蒙古秘史》成书于1240年这一观点。植村清二和小林高四郎则认为，《蒙古秘史》的成书年代应是1228年。1931年，植村清二在《关于〈元朝秘史〉编后语的疑问》（《史学杂志》卷四二第七号）一文中，发表了1228年说。1955年，在《元朝秘史小记》（《东方学》卷十）中又提出了《蒙古秘史》的正卷卷一至卷十是1228年写成，续卷卷一和卷二是1257年完成的观点。小林高四郎根据多年的研究，在《元朝秘史研究》中进行了总结，基本上持1228年说的观点。

小泽重男在《元朝秘史》（1994年）中，提出了正卷卷一

---

① 余大钧.《蒙古秘史》成书年代考［J］. 中国史研究，1982（1）.

② 乌云高娃. 国内关于《蒙古秘史》的研究状况［J］. 中国史研究动态，2001.

至卷十是1228年完成的，续卷卷一和卷二是1252年写成的新观点。村上正二和冈田英弘持1324年说的观点。这一观点首先是由村上正二提出的，但最初从理论和实证两方面进行论证的是冈田英弘。他在《元朝秘史的成立》（《东洋学报》卷六六，1985年）一文中，围绕洪吉拉特部在元朝的活动情况进行探讨，提出《蒙古秘史》的著书年代为1324年的说法。[①] 虽然《蒙古秘史》的作者、创作年代及创作地点一直以来是《蒙古秘史》研究中争论的话题，但是每个学者都有自己的观点，而且他们的观点都是有论有据。策·达木丁苏荣作为将《蒙古秘史》翻译为现代蒙古文的翻译者和编辑，他对《蒙古秘史》的作者、创作年代和创作地点的观点在国内外学者中引起了广泛的重视。

策·达木丁苏荣对《蒙古秘史》中蒙古人的心理思维，蒙古人的智慧以及蒙古人的历史文化精准的翻译，让后人准确地理解了蒙古古代历史。策·达木丁苏荣翻译的《蒙古秘史》也为学术研究开辟了道路。

第二节　《蒙古文学精选一百篇》的特点

策·达木丁苏荣生前选编的巨著《蒙古文学精选一百篇》是蒙古古代文学研究的经典之作。策·达木丁苏荣在半个世纪

① 乌云高娃．日本关于《蒙古秘史》的研究状况［C］//中西初识二编：明清之际中国和西方国家的文化交流之二，2000.

前，精心选编并倾注全部智慧、心血与辛勤劳动的这一文化结晶自问世以来，不但成为蒙古族高等学校接受传统文化洗礼的无数学子们的教科书，而且也成为无数致力于蒙古学研究重要参考读物。坚信这一成果必将一如既往地为蒙古学的蓬勃发展、为蒙古学研究培育新生力量，并奉献其独特的取之不尽、用之不绝的养分。我们可以从策·达木丁苏荣的心路历程与实践活动中，得出为什么《蒙古文学精选一百篇》可以成为蒙古古代文学研究的经典之作的答案。

作者在序言中坦言，当时蒙古国高等院校青年学生急切渴望了解蒙古传统文化与蒙古文学史，但是没有像样的教科书供他们阅读参考。为了弥补这一缺憾，策·达木丁苏荣着手做了准备，这应该是他当时编书的初衷。任教于蒙古国立大学的他，那非凡的天分与学识，编书之前已经显露。他审视了欧洲学者所编撰过的基本文学史和文学史讲义，虽然有不同程度的参考意义，但绝不是反映蒙古传统文学的教科书。策·达木丁苏荣参考了前人成果，并结合自己在大学讲授蒙古文学史的内容，编撰了这本文学史，以解燃眉之急。他意识到研究蒙古，除了阅读讲稿外，阅读原著尤为重要。初学青年人出于种种原因，往往不知从哪里开始着手，容易迷茫。因此，他认为编撰整理出版文学原著极为重要。正是基于这种认识，策·达木丁苏荣编撰的《蒙古文学精选一百篇》终于在 1959 年问世。半个世纪以来，为众多从事蒙古文学的专家学者和步入蒙古学行列的后辈学者默默服务的这一特色教材，早已成为陪伴他们的良师益友。

一、代表性

《蒙古文学精选一百篇》的代表性主要表现在以下方面：

第一，在《蒙古文学精选一百篇》中，民间文学和作家文学都被关注到了，而且容纳了蒙古文学各种体裁，如诗歌、散文、叙事诗、神话、传说、故事、传记等无一不包含其中。它不但反映了蒙古文学体裁的多样性，而且也反映了民族文化的底蕴和文学的概貌。

第二，在选择蒙古文学作品占较大比重的同时，其他民族文学作品也占一定的比例。当然它是以蒙古文译文的形式出现的，约占五分之一。其中有藏族文学和汉族文学的代表作品。面对世界文明，并非采取故步自封与排他的态度，而是以开放包容的胸怀，接受其他先进文化，丰富和发展民族文化。这些当然归功于编著者的慧眼、学识和才能。

第三，在注重现代文学作品的同时，也没有忽视优秀传统文化，编著者把反映蒙古族特殊心路历程的文学作品也选入其中，并且一视同仁，在当时的社会历史背景下，没有相当气魄和胆略是很难做到的。他把蒙古文学整体面貌呈现在世人面前。

二、独特性

《蒙古文学精选一百篇》的独特性集中表现在编撰者倾注的心血方面。

第一，选编上的独特性。《蒙古文学精选一百篇》并非只是千篇一律地把现成的文本挑选后简单汇集成册，而是编者独具匠心，进行了精心裁剪。为了把所需文本的精华奉献给读者，书中有全文入选的内容，也有章节入选的内容。编者根据不同抄本、不同刻本与不同译本的流传情况，选编还纳入了少量的一个文本的两种版本，如《成吉思汗的两匹骏马之传》《目连救母经》等。

第二，责任心贯穿始终。在每篇作品的最后，几乎都有注解，文字多少不等，但有一点是相同的，那就是清清楚楚地交代了所用文本的来龙去脉。

第三，科学严谨的态度。选编、编排中编著者花费了大量心血，讲究科学严谨的态度，尤为突出的是在注释部分。有些注释文字不多，但信息量极大。例如，《金帐汗桦树皮文》的注解，不到40个字，明确交代了何时何地发现、现在何处、文本从何而来，言简意赅，一目了然。编著者渊博的知识和深厚的文学底蕴无不显露在字里行间。对于有些作品的真伪，编著者表明观点，直言不讳，如对于元顺帝的挽歌，策·达木丁苏荣认为，不是运顺帝所为，是其臣仆之作。还有一些注解，可以看作一篇篇独立的学术论文，写得非常精彩。退一步说，即便不能算作完整的学术论文，但为拓展成为独立的专题学术论文打下了坚实的基础，像日后问世并收录《蒙古文学概要》中的关于《五卷书》《三十二个木头人的故事》《目连救母经的专题论文》，显然是在此基础上阐发而成的。这些求真务实的做法，无疑是导读原著和开启读者心灵的一把钥匙，为后学提供了做学问的直接而宝贵的经验。而这种经验只能出自身为一个教师并具有强烈责任心的学者，策·达木丁苏荣教授为后人所作的如此细致而样板式的文化遗产，使人终身受益。

三、学术性

策·达木丁苏荣编著的《蒙古文学精选一百篇》，是在审视和借鉴此前编著的同类型选编作品的基础上进行的。他认为，美国哈佛大学教授尼古拉·鲍培选编的文学精品，只是一般作品选；库瓦勒维茨奇的选编与其说是蒙古文学选编，倒不如说是从藏文翻译成蒙古文的作品选编；随后又有陆续编纂的波兹德涅耶夫（收录较多蒙古文学作品）、扎木苏荣诺·策旺（能称得上为人民文学而选编的）等人的选编均给予了简明的评介。

《蒙古文学精选一百篇》的编撰，由于作者吸取前人的经验和借鉴不同选编作品的得与失之故，在选编范围之广、基础之牢、起点之高等方面，不能不说比前者更胜一筹。它之所以迄今为止，仍然成为一些蒙古语言文学专业的高等院校师生的阅读书目之一，也因为其作品具有较强的学术性和实用性。通过阅读《蒙古文学精选一百篇》了解蒙古文学及其发展史的年轻学者、参考《蒙古文学精选一百篇》而编著的蒙古文学史与论著、接受《蒙古文学精选一百篇》影响而步入蒙古学各领域的研究人员乃至成为专家、学者的不计其数。

策·达木丁苏荣是把《蒙古文学精选一百篇》作为配合讲

授大学蒙古文学史课程及给学生提供阅读原著的辅助性读本，通过此书可以大致了解蒙古文学的概貌。由于作者精心设计、认真选编，并加入适当注解，该书的确在阅读、参考、获取相关版本、收藏和研究等方面，具有一般书目所无法替代的功能。从这个意义上讲，它是一本无师自通的文学精品。

当然，《蒙古文学精选一百篇》也并不是一个完美无缺的稀世珍宝，也有其局限和美中不足的缺憾。实际上，编著者在当时已经意识到，由于时间仓促、文献整理和出版不齐全而急于满足当时需求，匆忙之中把手边易于搜索的文学作品汇集成册，他自己也认为本书肯定有不少缺憾之处。

学者乌力吉巴雅尔认为，这部作品的缺陷主要表现在以下两方面。

第一，《成吉思汗的两匹骏马之传》的两种版本的注解之一："本书是以 1916 年蒙古铅印本为主与其他抄本合并修改而出版的。"之二："这次出版时以额尔敦陶克陶从鄂尔多斯获得的本为主，又与扎木苏荣诺·策旺从鄂尔多斯获得并藏于列宁格勒本合并而稍加修改。""dayan degerehi-yin dagudalg-a"，"是把作家达西道尔吉抄本和自己的抄本合写而成的"。诸如此类编著者所加工合并、修改的成分，虽然对文本润色有利，识别不利。

第二，策·达木丁苏荣选编中有一个作品的不同版本和不同文体、一个作者或译者不同文本的存在是无可厚非的，但个别作家的作品被过多地选入，如诺颜胡图克图 4 篇、格列巴勒桑 9 篇，就显得筛选不够精当。这可能是当时各种原因造成的，我们不能过于苛求。①

总而言之，到目前为止，还没有更多的同类著作问世。我们有理由相信，直到超越它的作品问世为止，其使命仍没有终结。即便是超越它的编著作品问世，它作为一个时代的标志性文化读物，作为一个特殊丰碑，必将载入史册，并将闪烁它独特的光芒。

① 乌力吉巴雅尔．蒙古文学史上的一座丰碑：以《蒙古文学精品一百篇》为例（提纲），纪念达木丁苏伦百年暨国际学术研讨会议［N］．118.

第八章 结　　语

本书正文部分可以划分为分两大部分，第二章到第四章是关于策·达木丁苏荣文学创作研究，第五章到第七章是关于策·达木丁苏荣蒙古古代文学研究。

蒙古国现代文学随着策·达木丁苏荣等著名作家的诞生而兴起。策·达木丁苏荣的作品对那些渴望求知的读者来说是宝贵的精神食粮。

一、蒙古现代文学的新面貌

在这片辽阔的蒙古草原上，蒙古文学自跨入新时期以来，展现出了新的面貌。策·达木丁苏荣一方面在自己的作品中延续传统的民间文学的主题，另一方面也不断尝试描写新蒙古的生活。在他的创作中我们可以看到许多新式人物，即冲破偏见，致力于新文化建设和创作的典型，这表现在策·达木丁苏荣的许多作品中。他 16 岁以前，一直生活在蒙古草原上，从小经历了封建王公贵族剥削压迫下的劳苦游牧人民的生活。

蒙古现代文学发端于 20 世纪 20 年代初期。开始时只是一些青年人创作的诗歌和故事，还没有专业作家，苏赫巴托俱乐部和《革命青年团》杂志成为文学创作活动的中心。蒙古现代文学的两个奠基人达·纳楚克道尔基和策·达木丁苏荣曾分别参加了这两个部门的文学小组活动，起着骨干作用。苏赫巴托俱乐部文学小组创作了《乌什安达尔》和《桑杜总管的罪恶事业》等最早的几部剧本。前一剧本已经失传，其中有的歌曲一直流传在群众之中。

20 世纪 40 年代后期，特别是 20 世纪五六十年代，出现一批有才能的小说家、诗人，他们活跃在蒙古文坛上，他们的作品大大丰富了蒙古现代文学。在这个时期内，个别作家的选集陆续出版。

蒙古现代文学的发展过程中，苏联文学对其产生了很大影响。从文艺理论、方针政策到创作方法、写作技巧，无不参考学习苏联文学。蒙古作家就本国文学发展问题，曾几次写信求教于苏联作家高尔基。从 20 世纪 20 年代起，一批批作家前往苏联学习进修；同时也有许多苏联文学艺术工作者赴蒙工作。20 世纪 20 年代后期开始，翻译苏联和其他各国的优秀文学作品，蒙古读者得以学习和欣赏世界文学精品，从而提高了自己的艺术修养与审美能力，也促进了本民族文学的发展。特殊历史条件下形成的蒙苏关系，也反映在现代蒙古文学上，蒙苏友谊始终是一个重要题材。

第二次世界大战期间（1939—1945 年），在诗歌和散文上广泛反映出了有关苏蒙友谊、苏联和蒙古人民英勇斗争的主题。描写牧民支援前线情形的作品有策·达木丁苏荣的短篇小说和随笔《两个都是我儿子》（1945 年，俄译本于 1951 年出版）。剧作家在这个时期编写了许多描写历史人物和传奇人物的剧本。这个时期的诗人和散文作家的作品，证明他们正在寻找机会实现社会生活的主题和新的艺术手法，如策·达木丁苏荣的《向伟大的中国人民致敬》（1950 年）和关于争取和平的诗歌等。

在革命战火中萌芽和成长起来的蒙古国的现代文学，摒弃了象征主义及世俗的和宗教的封建文学所固有的腐朽传统。蒙古现代文学，是在俄国古典文学和苏联文学的影响下形成和发展起来的，苏联文学的介绍及同苏联作家的友好关系，帮助了蒙古国的作家踏上掌握现实主义方法的创作道路。俄国古典文学和苏联文学的译作（普希金、莱蒙托夫、克雷洛夫、托尔斯泰、高尔基、奥斯特洛夫斯基、法捷耶夫、爱伦堡、卡泰耶夫、西蒙诺夫等人的著作）占有很重要的地位。与此同时，策·达木丁苏荣的中篇小说《受歧视的姑娘》的俄译本也于 1949 年出版。

1948 年，蒙古国作家协会在第一次会员代表大会上指出，蒙古人民共和国已经奠定了真正的人民革命文学的基础。在蒙古民族文学中占有重要地位的是民间口头文学。有著名的长篇英雄史诗、生动有趣的民间故事、别具一格的祝词赞词、数量繁多的谚语格言等。千百年来，草原上的人民耳濡目染，在民间文学艺术的熏陶下，形成了本民族特有的审美观和文艺欣赏习惯。蒙古作家在创作中必定要考虑群众的情趣和要求，努力用他们熟悉的语言创作出他们喜爱的作品。蒙古族书面文学历史悠久，兼有史学、文学双重性的《蒙古秘史》就产生于 13

世纪。它散韵结合，用艺术语言塑造了历史人物形象。至于近代，大作家旺·尹湛纳西（1837—1892年）创作了《青史演绎》（1891年）等蒙古民族文学史上第一批长篇小说。这些文学遗产对现代文学创作，同样具有重要的借鉴和推动作用。

二、蒙古现代文学的创作手法

蒙古现代文学以现实主义为基本创作方法。作家应深入群众，从中吸取营养，搜集素材，用自己的作品去启迪他们的思想，调动他们的积极性。作家应以满腔热忱去塑造新人形象。

蒙古现代作家中，在继承、学习民间口头文学，使用群众熟悉的语言方面，策·达木丁苏荣是出色的一位。他的诗歌创作与散文、小说创作一样，也是根植于民间和根植于群众之中的。他吸收民间口头文学韵文作品修辞和结构上的特点，并把它运用于自己的诗歌中，加以发展与创新。无论是诗歌的外在形式，如诗行的长短、韵律的处理，还是修辞手法，如比喻、夸张的运用，都是如此。他的诗歌都是二至四个词为一个诗行，并且往往是两行成一句，这与民间诗歌是一致的。由于诗人的语言技巧娴熟，并且想象丰富，构思精当，他的一些诗句就像新的格言、谚语一样。策·达木丁苏荣的诗，既有韵味，又明白易懂，便于记忆，给人以美的享受和丰富的知识。策·达木丁苏荣研究领域包括蒙古口头文学研究、蒙古习俗研究、古代和现代文学研究、文献研究、文化研究、翻译研究、神话故事研究、语言学研究、《蒙古秘史》研究、《格斯尔传》研究等领域。

在诗歌方面，策·达木丁苏荣歌颂和平生活和爱情的诗《克鲁伦河》、寓言诗《棕色的小山羊》等都写得生动、活泼，引人深思。他还创作了《献给伟大的中国人民》和《我来到北京》等对中国人民友好感情的诗篇。

封建时期的文学作品与民间口头文学不同，它是为封建统治阶级服务，很大程度上是由译自（或转述）汉语、满语、藏语等翻译作品所构成。蒙古创作文学中最古老的文献《元朝秘史》一书，是包含民间文学素材的史书。属于这种史书的还有《成吉思汗的两匹骏马之传》（中篇小说）、《成吉思汗箴言》及广泛流传的《孤儿同成吉思汗九个战友的争吵》等。旧文学作品的基本形式是历史纪事，即蒙古历史典籍，如《黄金史纲》（17 世纪初）、萨囊彻辰（17 世纪末）的《蒙古源流》、凡琴贝尔和尹湛纳西的《元朝建国青史》、金巴道尔吉的《水晶鉴》、关于乌巴锡·洪泰什（16 世纪）和阿玛尔桑（18 世纪）的民间传说手抄本以及《黄金史纲》等。

还有一些优秀翻译作品，如《甘珠尔》和《丹珠尔》（17—18 世纪）以及享有盛誉的《故事之海》等古老的翻译文集。蒙古国也有我国长篇小说和短篇小说译品。其中有著名的罗贯中的长篇小说《三国演义》、蒲松龄的短篇小说集及吴承恩的长篇小说《西游记》。20 世纪初，蒙古文学中还出现了格雷先巴山、呼尔基·桑达格、巴兰僧格、罗卜桑呼尔奇等作家的带有反封建性质的文学作品。

三、蒙古现代文学的三个时期

蒙古现代文学分为三个时期：第一个时期为20世纪20年代至40年代；第二个时期为20世纪40年代至60年代；第三个时期为20世纪60年代至80年代。

第一个时期，20世纪二三十年代，蒙古集中精力于社会变革和建设，逐步创办文化教育事业。这一时期，因不实指控而株连作家坐牢的有达·纳楚克道尔基、曾·策·达木丁苏荣、敦·纳姆达克、宾仁沁、达·裦勒莱等人。策·达木丁苏荣只因好心回答了别人一个问题而在监狱里度过了15个月。

20世纪二三十年代，活跃在文坛上的多是革命后成长起来的年轻人，他们初涉文学园地，怀着革命热情进行创作。他们写旧社会的愚昧、落后与苦难，写新生活、新气象，同时也写壮丽山河与草原风光。在这批作家中享有声望的有索·博音尼姆和、达·纳楚克道尔基、策·达木丁苏荣、勃·仁沁、敦·策伯格米德等人。这些作家创作了蒙古现代文学史上第一批有影响的作品。策·达木丁苏荣熟悉民间文学，擅长修辞，写出了一系列语言通俗朴质而又生动优美的作品，深受读者欢迎。

策·达木丁苏荣的代表作是长诗《我的白发母亲》（1934年）。此诗写于留苏期间。诗人远离家乡，想念母亲。母亲翘首相望，盼儿早日归来。然而，为了振兴民族，建设国家，因为学习知识本领至关重要，不能侍奉老母亲也是不得已的选择。诗人以极为朴实的语言，说出这个道理。此诗为亲人而作，句句发自肺腑，因而能以情动人，是蒙古诗苑中的抒情佳篇。中篇小说《受歧视的姑娘》（1929年）是策·达木丁苏荣的另一部重要作品。小说反映了旧社会贫富间的矛盾和冲突。描写女主人公降生到这个世界的不幸。本来父母要把她送给牧主收养，因是女婴而遭弃，成为一个“受歧视的姑娘”。她在凄风苦雨中度过了20个年头，直到革命胜利后才改变命运。这部小说属于当时的重大社会题材，又是革命后第一部写得好的大型文学作品，因而备受重视。策·达木丁苏荣还是著名学者，他把主要精力用于古典文学的研究。

第二个时期，爆发了第二次世界大战。自20世纪30年代末起，蒙古的安全受到日军威胁。1939年发生了蒙苏联军与日军对抗的喀尔喀河战役。此后，蒙古支持苏联的卫国战争。1945年8月，蒙古同苏联对日宣战。在这一阶段，出现了大量军事题材及有关战争与和平的诗歌、小说、剧作。与第一时期一样，许多作家不惜笔墨，再现过去草原上的艰难生活。

第三个时期，进入20世纪60年代以来，蒙古文学有了新的发展，涌现出许多新作家，各种体裁的作品增多，尤其是长篇小说创作出现了繁荣的局面。在20世纪60年代初，策·达木丁苏荣等被捕的人得到平反昭雪。20世纪90年代初，又进一步为他们平反，对他们的文学创作给予了高度评价，并举办了纪念活动。

策·达木丁苏荣以其开创性的比较文学研究，在蒙古文学研究领域占有突出的地位。他所建构的蒙古文学的开放结构，对蒙古文学的发展和研究来说，具有深远的影响。他对蒙古文学创作和蒙古文学研究的历史性探索，为我们展现了蒙古文学研究中开展比较文学研究的深远意义和美好前景。

附　　录

一、策·达木丁苏荣创作年谱

1908 年 9 月 14 日，生于现蒙古国东方省玛塔达汗敖拉县。小时候与母亲乌兰巴雅尔一起生活。

1911 年 3 岁时父亲曾德离职。

1915 年逃离巴布扎布的军队，去东边叫亦和忽热的地方过冬。

1918 年向父亲学习蒙古文字。开始读手头能够读到的书籍，包括《故事海》《泉滴》《善言珍宝藏》《诺颜胡图克图诗文集》《蒙古语辞典》等。

1921 年父亲曾德任扎撒大臣。没过多久父亲回到玛塔达汗敖拉县，在县委随助理德米得当秘书。

1923 年夏天父亲去巴彦图门治病，没有治愈，去世。与后母汉德一起生活，担起了生活重担。

1924 年受祖父的嘱咐去玛塔达汗敖拉县。

1925 年 1 月被派去司令部做文书工作，在乌兰巴托工作到冬天。由于母亲患病，请假照顾母亲。请假到期工作前，让母亲剪了头发（之前一直是长辫）。回乌兰巴托的路上捡到蒙古文手抄本。一路追着被风吹走的手抄本碎纸，把捡到的拼凑起来送到宝音德力格尔家收藏。捡到的是《善言珍宝藏》。1957年在《蒙古文学》这本书中有引用。

1926年9月1日在蒙古革命青年团代表大会上被推选为蒙古革命青年团中央委员会委员，担任《真理报》的编辑一职。

1928年左右两翼斗争中支持左翼。

1929年1月9日文学协会成立，担任协会主席，应协会的要求创作小说《受歧视的姑娘》。1月26日开始担任工会中央理事会主席，工作了一年多。月工资180图格里克。

1930年2月将中央理事会的工作推给别人，去戈壁阿拉塔县当培训师。

1931年被人诬陷，3月15日被撤职。在临时学校当蒙古语老师。在乌兰乌德当了1年翻译。

1932年一直到秋天，在布里亚特科学院参与翻译书籍工作。从事翻译出版斯大林的《列宁主义问题》的工作。秋天来到乌兰巴托，在科学院研究所工作。月薪160图格里克。在《蒙古语词典》的编写工作中，与达·纳楚克道尔基、仁钦等知名学者共事。

1933年9月赴列宁格勒学习。

1933年创作了诗歌《两岁的尔奥》。

1934年创作了诗歌《我的白发母亲》。3月转入科学院东方学院学习，一直到1938年2月毕业。

1936年与毕业于蒙古班的L. V. Zevinag结婚。这一年创作了诗歌《出游》。

1937 年儿子出生。翻译普希金的作品，创作了诗歌《A. C. 普希金》。

1938 年创作了诗歌《你那妩媚的双眼》。5 月被叫到乌兰巴托市科学院做研究工作。11 月 4 日被捕。开始翻译《渔夫和金鱼的故事》。

1940 年经过 15 个月的调查，1 月 27 日被释放。把妻儿从列宁格勒接过来一起生活，继续在科学院工作，开始着手转译《蒙古秘史》，编写《正字法》。

1942 年第二个儿子出生。5 月 7 日开始担任《真理报》主编。

1943 年创作了诗歌《蒙古故乡》。

1944 年创作了小说《苏莉变了》。

1945 年 11 月 20 日辞去《真理报》主编一职，去科学院工作。完成《蒙古秘史》的转译工作，编辑出版教科书和《正字法》。

1946 年第三个儿子出生。秋天与家人一起赴列宁格勒，进入列宁格勒东方学院学习。

1947 年因转译《蒙古秘史》而第二次获得国家奖。

1948 年开始学术研究工作，以《格斯尔传》为题材开始写作博士论文。

1950 年创作了蒙古人民共和国国歌的歌词，第三次获得国家奖。完成博士论文《格斯尔传的历史根源》，获取副博士学位。8 月 22 日被任命为科学研究所所长。

1951年第一次被选为蒙古人民共和国人民大呼拉尔代表。

1952年因为没有时间做学术研究工作而申请辞去院长职务。

1953年4月18日发表第一个学术研究论文。10月2日辞退工作。

1954年第四个孩子出生，女儿杜拉玛。9月30日被聘为作家协会主席。申请做学术研究工作未准许，又开始有离职的念头。

1955年3月30日受处分，被解除作家协会主席职务，当了蒙古国立大学的老师，编写了《蒙古文学的民主方向》。

1956年出版《蒙古文学研究中的一些问题》《成吉思汗的两匹骏马之传》。

1957年《格斯尔传的历史根源》一书在莫斯科出版，获得蒙古人民共和国学术奖，10月22日评为教授职称。

1958年出版了《善言珍宝藏》。

1959年出版了《蒙古文学精选一百篇》，被任命为科学院语言文学研究所所长。

1961年5月22日正式被选为科学院成员。

1963年受到撤职处分。

1970年9月因在《俄蒙辞典》中加入年表而被处罚5600图格里克。

1971年受邀去列宁格勒工作，开始研究印度著作《罗摩衍那》。

1973年发表文章《罗摩衍那在蒙古的传播》。

1974 年 3 月 1 日完成自传。

1986 年获“人民文学家”的光荣称号。

二、1961—1985 年策·达木丁苏荣研究作品

《蒙古语中的藏语》，蒙古学研究，二卷，第 1—16 册，乌兰巴托，科学研究院出版社，1960 年。

《衮吉庙》，乌兰巴托，1961 年；英文版，1970 年。

《蒙古文学研究中的一些问题》，蒙古学研究，二卷，第 17—32 册，乌兰巴托，科学研究院出版社，1961 年。

《达·纳楚克道尔基作品》之序，乌兰巴托，1961 年。

《关于歌剧〈杜鹃传〉》，乌兰巴托，科学研究院出版社，1961 年。

《诺颜活佛拉布杰〈杜鹃传〉》，1962 年。

《达木丁标准音词典和关于其解释的简报》，SM 四卷，第 1 册。

《蒙古人民共和国正在出版的语言方面的研究书籍》，乌兰巴托，科学研究院出版社，1962 年。

《文化遗产，文学——蒙古国作家协会第三次大会上的讲话》，《真理报》，1962 年，No. 138；《文化文学》，1962 年。

《博格达山坡上刻有古代蒙古语的石头》（俄文发表的论文），1962 年。

《关于一篇论文的文学修辞》，文化文学，1963 年。

《关于修辞学》，文化文学，1963 年。

《江格尔》，卡尔梅克文翻译为蒙古文的 T. tugersuren，策·达木丁苏荣写序，乌兰巴托，1963 年。

《关于藏蒙手抄本〈神话尸语故事〉》，乌兰巴托，蒙古人民共和国科学研究院，1963 年；《东方研究家第 26 次会议上蒙古代表团的讲稿》，俄文；《藏蒙神话尸语故事》第 1 册、第 2 册，乌兰巴托，科学研究院出版社，1963 年。

《关于话语的几个话》，《青年真理报》1963 年 9 月 22 日。

《关于蒙古故事》，近代蒙古，俄文，1994 年。

《〈泉滴〉的蒙藏解释》，策·达木丁苏荣撰写的序并审稿出版，CSM，七卷，1964 年。

《关于缩写语》（针对新文字法），《文化文学报》1964 年 5 月 1 日。

《正在展开定制新文字法》，《科学生活》，1964 年。

《俄蒙词典》（A–O），与阿·洛波桑丹达布合著，乌兰巴托，1964 年。

《关于毕嘎尔米吉德汗的三本书》，蒙古学研究，五卷，第五本，乌兰巴托，1965 年。

《关于使用标点符号》，《科学生活》，1965 年。

《关于 17 世纪的翻译家阿拉坦格日勒乌巴什的有些消息》，《蒙古学研究》，乌兰巴托，1966 年。

《俄蒙词典》（п–я），与阿·洛波桑丹达布合著，乌兰巴托，1968 年。

根敦梅林和他的作品《狗、猫和鼠的故事》，《蒙古文学概要》，第三本，乌兰巴托，1968 年。

《托忒文的罗摩衍那》，文学文艺，1968 年。

《龙将军龚的故事》，蒙古学研究，七卷，第 11 册，乌兰巴托，1969 年。

《口头短篇小说》，口头文学研究，七卷，第 4 册，乌兰巴托，1969 年。

《关于兔子的传记》，蒙古学研究，七卷，第 6 册，乌兰巴托，1970 年。

《仙女的故事》，蒙古学研究，八卷，第 4 册，乌兰巴托，1971 年。

《罗摩衍那的布里亚特版》（致 G. D. 散杰耶教授的 70 周岁），俄文，1974 年。

《关于五卷书的蒙藏短篇小说之简论》，语言文学研究，二卷，第 14 册，俄文，1975 年。

《关于察哈尔格布希工作的一些特征》，蒙古学研究，二卷（10），第 3 册，乌兰巴托，1975 年。

《罗摩衍那在蒙古的传播》，乌兰巴托，1976 年（蒙古文），1979 年（俄文）。

《蒙古秘史》（第 3 版），乌兰巴托，1976 年。

《Tsabal 的词典记录》，蒙古学研究，三卷（11），第 24 册，乌兰巴托，1976 年。

《神话故事的殿堂香巴拉王国》，中亚研究，十一卷，乌兰巴托，1977 年。

《蒙古文学概要》第 2 册（17—18 世纪），策·达木丁苏荣、达·常都，科学报，乌兰巴托，1976 年。

《阿阑豁阿五箭训子》，蒙古学研究，七卷，第 7 册，乌兰巴托，科学研究院出版社，1980 年。

《蒙古古代文学概要》，蒙古学研究，七卷，第 6 册，乌兰巴托，科学研究院出版社，1980 年。

《格斯尔传研究》，蒙古学研究，八卷，第 2 册，乌兰巴托，科学研究院出版社，1982 年。

《书的收藏、收集、研究》，《真理报》1981 年 8 月 6 日。

《甘珠尔藏文版中丹德尔·阿格然巴的洗礼》，蒙古学研究，九卷，第 2 册，乌兰巴托，科学研究院出版社，1982 年。

《从俄文翻译文学的经验谈起》，国际蒙古学者第四次大会，1982 年。

《新时期的蒙古民间艺人》，亚洲研究，七十三卷，维也斯巴德瓦，1982 年。

《格斯尔传的一些问题》，亚洲研究，1982 年。

《俄蒙词典》，与阿·洛波桑丹达布合著，第 2 版，乌兰巴托，1982 年。

《五卷书短篇小说的藏文集》，俄文，乌兰巴托，1983 年。

《关于班禅活佛是香巴拉汗的一首诗》，乌兰巴托，1984 年。

参考文献

一、策·达木丁苏荣研究著作

[1]《新蒙古文正字法规则》[M]. 乌兰巴托：蒙古出版社，1942.

[2]《字母表（蒙古新字入门）》[M]. 乌兰巴托：蒙古国国立出版社，1946.

[3]《正字法读本》（与巴·策伯格扎布合著）[M]. 乌兰巴托：蒙古国国立出版社，1946.

[4]《新蒙古文正字法简则》[M]. 乌兰巴托：蒙古国国立出版社，1949.

[5]《格斯尔传的三个特征》[M]. 乌兰巴托：蒙古国国立出版社，1956.

[6]《关于蒙古语文》[M]. 乌兰巴托：蒙古国国立出版社，1956.

[7]《格斯尔传的历史根源》（俄文）[M]. 莫斯科：苏联科学出版社，1957.

[8]《蒙古文学概论》第1册 [M]. 乌兰巴托：蒙古国国

立出版社，1957.

［9］《蒙古文学史》［M］. 呼和浩特：内蒙古人民出版社，1957.

［10］《格斯尔传的三个特征》（新蒙古文版）［M］. 呼和浩特：内蒙古人民出版社，1957.

［11］《蒙古古典文学简论》［M］. 乌兰巴托：科学与高等教育委员会出版社，1958.

［12］《保护文化遗产》［M］. 乌兰巴托：蒙古国国立出版社，1959.

［13］《〈罗摩衍那〉在蒙古的流传》［M］. 乌兰巴托：蒙古国科学出版社，1976.

［14］《蒙古的〈罗摩衍那〉》（俄文）［M］. 乌兰巴托：蒙古国科学出版社，1979.

［15］《关于蒙古文学的传统问题》［M］. 乌兰巴托：蒙古国科学出版社，1984.

［16］《关于蒙古文学关系问题》［M］. 乌兰巴托：蒙古国科学出版社，1987.

［17］关于通俗文学家散达克的作品［M］//通俗文学家散达克文选. 乌兰巴托：蒙古国国立出版社，1957.

二、策·达木丁苏荣编译作品

［1］蒙古秘史［M］. 乌兰巴托：蒙古国国立出版社，1947.

[2] 关于《孤儿传》[M]. 乌兰巴托：蒙古科学委员会出版，1956.

[3] 乌巴什洪台吉传 [M]. 乌兰巴托：科学委员会出版，1956.

[4] 两匹骏马的故事 [M]. 乌兰巴托：科学委员会出版，1956.

[5] 蒙古秘史（第2版）[M]. 乌兰巴托：蒙古国国立出版社，1957.

[6] 蒙古秘史 [M]. 呼和浩特：内蒙古人民出版社，1957.

[7] 绿度母菩萨经 [M]. 乌兰巴托：蒙古国国立出版社，1958.

[8] 贡格坚赞《萨迦格言》[M]. 乌兰巴托：蒙古国国立出版社，1958.

[9] 贡格坚赞《萨迦格言》[M]. 呼和浩特：内蒙古人民出版社，1958.

[10] 蒙古古代文学一百篇 [M] //蒙古文集：卷十四. 乌兰巴托：科学与高等教育委员会出版社，1959.

[11] 赞布老人的话语 [M]. 乌兰巴托：科学与高等教育委员会出版社，1959.

[12]《养民甘露》及其注解《如意宝饰》[M] //蒙古文集：卷十五，分册2. 乌兰巴托：科学与高等教育委员会出版社，1961.

[13] 那颜呼图克图拉布迦的《月郭公传》[M] //蒙古文

集：第十二卷. 乌兰巴托：蒙古国科学出版社，1962.

［14］藏蒙版《魔尸故事》：第1册［M］//蒙古文集：卷二. 乌兰巴托：蒙古国科学出版社，1962.

［15］《甘露》之蒙藏文注释［M］//蒙古文集：卷七. 乌兰巴托：蒙古国科学出版社，1964.

［16］蒙古文学概论：第3册［M］. 乌兰巴托：蒙古国国家出版委员会，1962.

［17］蒙古秘史：第3版［M］. 乌兰巴托：蒙古国国立出版社，1976.

［18］蒙古文学概论：第2册［M］. 乌兰巴托：科学出版社，1977.

［19］蒙古古代文学一百篇：第1—4册［M］. 呼和浩特：内蒙古人民出版社，1979.

［20］蒙古文学概要：上下卷［M］. 呼和浩特：内蒙古人民出版社，1982.

［21］《五卷书》选藏语叙文集（与阿·德·曾德那合著）［M］. //蒙古文集：卷二十，分册3. 乌兰巴托：蒙古国科学出版社，1983.

［22］蒙古民间文学汇编丛书《格斯尔》［M］. 乌兰巴托：蒙古国国立出版社，1986.

三、策·达木丁苏荣发表的论文

［1］文章与文字：为了方便教学［J］. 革命青年团杂志，

1927：1-6.

［2］发挥智慧，发展语文［J］. 发展蒙古语文论集，1934：6-54.

［3］关于翻译外国语诗文［J］. 新镜杂志，1938：131-197.

［4］蒙古书面语［J］. 科学杂志，1941：16-23.

［5］人民的艺人［J］. 真理报，1943：248.

［6］民间说书、说唱、祝福者们的聚会［J］. 真理报杂志，1944.

［7］索永布文字［J］. 科学杂志，1944：25-26.

［8］关于查询生年［J］. 科学杂志，1945.

［9］科学委员会30周年纪念［J］. 科学杂志，1951：15-19.

［10］蒙古革命30年中“科学”部分［J］. 1951：123-131.

［11］新蒙古文正字法原理（俄文）［J］. 学术论文汇编，1951：82-94.

［12］新蒙古文正字法（俄文）［J］. 莫斯科：东方学研究所简讯，1952（2），32-37.

［13］关于斯大林《马克思主义与语言学问题》一文及其蒙古语言研究问题［J］. 科学杂志，1952：41-53.

［14］旧文学中的民主主义倾向［J］. 科学杂志，1955：11-14.

［15］蒙古《格斯尔王传》（俄文）［J］. 布拉格：东方档案，1955，23（1-2）：52-62.

［16］卡力萨达［N］. 文学报，1956.

［17］人民的才子［N］. 文学报，1956.

［18］从研究蒙古文学的历史谈起［J］．文学选集，1956.

［19］重视文化遗产［N］．真理报，1956.

［20］十四世纪蒙古语言学者搠思吉斡节儿［J］．科学委员会论文集，1957：65–76.

［21］不改变文学，要改进正字法［J］//关于蒙古新文字问题．乌兰巴托：科学委员会，1957：9–12.

［22］研究文化遗产［J］．文化与文学，1958.

［23］《启蒙》注释［J］．文化与遗产，1958.

［24］满都海彻辰传说［N］．劳动报，1958.

［25］旧蒙古文学（俄文）［J］．现代蒙古，1958：25–27.

［26］新文字正字法的一般规则，新文字正字法（草案），蒙古语文问题［J］．乌兰巴托：科学与高等教育委员会出版社，1959：3–43.

［27］关于吉尔伽美什的传记［J］．呼和浩特：蒙古语言文学历史杂志，1959.

［28］蒙古语中的藏语词［J］．蒙古学研究，1961，2（1–16）：57–85.

［29］蒙古文学研究中的一些问题［J］．蒙古学研究，1961，2（24–30）：46–56.

［30］戏剧（月郭公传）之由来［J］．科学院通讯，1961：85–108.

［31］那颜·呼图克图·拉布迎［N］．文化与文学报，1961.

［32］人民的祝词家［J］//切·吉格米德．祝词集．乌兰巴托：1961：6–10.

[33] 关于祝词家格力格巴拉桑 [J] //格力格巴拉桑. 祝词集，乌兰巴托：1961.

[34] 蒙古人民共和国出版的语言文学学术著作 [J]. 科学院通讯，1962：68-73.

[35] 丹丁的《卓克斯图方言词典》及其注释简讯 [J]. 蒙古学研究，1962，4（1）：3-24.

[36] 博克多山麓峭壁古代蒙古岩刻（俄文）[J]. 布里亚特综合科学研究所丛刊，1962（8）：176-80.

[37] 文化遗产与文学 [N]. 真理报，1962.

[38] 江格尔序言 [J]. 乌兰巴托：国家出版委员会，1963：3-9.

[39] 关于修辞 [N]. 文化与文学报，1963-04-12.

[40] 浅谈"词" [N]. 青年真理报，1963-09-22.

[41] 关于略语（有关新文字正字法问题）[N]. 文化与文学报，1964.

[42] 完善中的新文字正字法 [J]. 科学与生活杂志，1964：5-7.

[43] 论蒙古神话故事（俄文）[J]. 现代蒙古，1964：8-10.

[44] 有关《二十二个木头人的故事的》三本书 [J]. 蒙古学研究，1965，5（5）：71-246.

[45] 我的想法 [J]. 科学与生活杂志，1965：9-11.

[46] 关于使用标点符号 [J]. 科学与生活杂志，1965：26-29.

[47] 标点符号的意义 [J]. 科学与生活杂志，1965：73-75.

［48］关于第六世达赖喇嘛仓央嘉措［J］. 亚洲研究，1965：35-39.

［49］有关十七世纪初叶翻译家阿拉坦格日勒乌巴什的一些消息［J］. 蒙古学研究，1966，5（9）：10-13.

［50］语义学入门［J］. 科学与生活杂志，1966：22-27.

［51］使用标点符号的意义［J］. 科学与生活杂志，1966：61-64.

［52］编纂辞典之辛劳，胜似胡寂之苦辣［N］. 文学艺术报，1966.

［53］托忒文《罗摩衍那》［N］. 文学艺术报，1968.

［54］怀古谈［J］. 民间文学研究，1969，7（4）：160-163.

［55］有关兔子的传说［J］. 蒙古学研究，1969，7（6）：53-92.

［56］洛（洛布桑敦德布）将军公的传说［J］. 蒙古学研究，1970，7（11）：133-139.

［57］天仙神话［J］. 蒙古学研究，1970，8（4）：47-106.

［58］《猎人与天鹅少女的故事》的发展史（英文）［J］//第二次国际蒙古学者会议论文集：第一卷. 乌兰巴托：科学出版社，1973：143-149.

［59］关于蒙古语的第一人称代词（俄文）［J］. 蒙古学研究（9），1973，1（3）：29-36.

［60］克曾伦巴彦乌拉地区的三个历史名胜古迹（俄文）［J］//游牧民族在中亚文明中的作用. 乌兰巴托：科学出版社，1974：105-109.

[61] 布里亚特（罗摩衍那〉故事》（俄文）[J]//东方语文学研究（Г. Д. 桑席耶夫教授七十寿辰纪念专辑）. 莫斯科：科学出版社，1974：55-64.

[62]《关于察哈尔格西的生平事迹的若干特点》（俄文）[J]. 蒙古学研究（10），1975，2（3）.

[63] 关于〈五卷书〉中的蒙藏短篇小说简评（俄文）[J]. 语言文学研究，1975，11（14）：169-176.

[64] 怀古谈 [J]. 民间文学研究，1975，9（6）：123-127.

[65] 策伯勒辞典札记 [J]. 蒙古学研究，1976，3（24）：400-405.

[66] 人民的祝词家其木德·吉格米德（诞辰 80 周年纪念）[J]. 民间文学研究，1976，10（9）：141-156.

[67] 浅谈卡拉恰克列（俄文）[J]. 蒙古学研究，1977，5（8）：61-67.

[68] 神话故事中的福地乐土香巴拉 [J]. 中亚研究：卷 11，1977：352-382.

[69] 简评西藏文献及其蒙古译文（英文）[J]. 西藏杂志，1977，2（3）：62-66.

[70] 野兔本生经（英文）[J]. 印度：亚洲艺术与文化研究，1977，5：29-35.

[71] 关于神变主义的几个词（英文）[J]. 布达佩斯：西藏研究资料，1978.

[72] 蒙古的《罗摩衍那》（英文）[J]. 新德里：罗摩衍那研究资料，1978.

[73]《罗摩衍那》在蒙古（俄文）[J]. 语言文学研究，1978，13（17）：134–145.

[74] 蒙古作品《金光明经》的两个版本 [J]. 布达佩斯：东方学报，1978.

[75] 藏文文献及其蒙古译文简讯（俄文）[J] //第 3 次国际蒙古学者会议论文集：第三卷. 莫斯科：科学出版社，1979：139–143.

[76] 研究《黄金史》的经验 [J]. 历史研究，1979，14（5）：46–53.

[77] 蒙古语的第一人称代词（俄文）[J]. 语言文学研究，1980，14（3）：9–11.

[78]《但特罗之土经》中几个词的解释 [J]. 语言文学研究，1980，14（16）：9–11.

[79] 第六世达赖喇嘛仓央嘉措 [J]. 蒙古学研究，1980，6（7）：33–36.

[80] 蒙古古典文学纲要 [J]. 蒙古学研究，1980，7（6）：52–80.

[81] 阿阑豁阿训谕五子的故事 [J]. 蒙古学研究，1980，7（7）：81–87.

[82] 蒙古语的格词尾的简短情况（俄文）[J]. 蒙古学研究，1980，7（8）：85–89.

[83] 印度和蒙古民族的《框架故事》（与 C. Д. 谢列勃良尼合著，俄文）[J] //蒙古文学通讯. 莫斯科：科学出版社，1981：130–150.

［84］《关于〈罗摩故事〉的几种蒙古异文》（与格林策尔合著，俄文）［J］//蒙古文学通讯. 莫斯科：科学出版社，1981：151-180.

［85］《格斯尔传》研究现状［J］. 蒙古学研究，1982，8（2）：25-34.

［86］丹达尔对藏文诸版《甘珠尔经》的校订［J］. 蒙古学研究，1982，9（2）：35-45.

［87］当代蒙古民间艺人（英文）［J］. 亚洲研究：卷七三，1982：49-60.

［88］关于研究《格斯尔王传》的若干意见（德文）［J］. 亚洲研究：卷七三，1982.

［89］密乘学者丹达尔对藏文诸版《甘珠尔经》的校订（英文）［J］//别族文献，第十八卷. 威斯巴登：乌拉尔一阿尔泰学会出版，1983：47-54.

［90］俄语文学作品试译（俄文）［J］//第4次国际蒙古学者会议论文集：第二卷，乌兰巴托：科学出版社，1985：82-86.

［91］论蒙古《格斯尔王传》的新版本（英文）［J］. 亚洲研究，1985：593-599.

［92］评《时间之轮》（英文）［J］. 西藏杂志：卷六，1981：43-49.

［93］第六世达赖喇嘛仓央嘉措（弗赖伊·斯坦利译自蒙古文，英文）［J］. 西藏杂志：卷六，1981：32-36.

［94］浅谈蒙古人民的传统教育［J］. 民间文学研究，1984，14（1）：3-14.

四、其他文献

[1] 宝音德格吉日夫. 蒙古人民共和国文学概况（蒙古文）[M]. 呼和浩特：内蒙古教育出版社，1988.

[2] 史习成. 蒙古国现代文学史，北京：昆仑出版社，2001.

[3] 乔旦德尔，金巴. 蒙古国现代文学（蒙古文）[M]. 呼和浩特：内蒙古大学出版社，2007.

[4] 王邦维. 东方文学经典：翻译与研究 [M]. 太原：北岳文艺出版社，2008.

[5] 陈岗龙. 奶茶与咖啡：东西方文化对话语境下的蒙古文学与比较文学 [M]. 北京：民族出版社，2005.

[6] 张玉元，译. 达木丁苏伦诗文集 [M]. 北京：作家出版社，1961.

[7] 王向远. 东方各国文学在中国：译介与研究史述论 [M]. 南昌：江西教育出版社，2001.

[8] 孟昭毅，黎跃进. 简明东方文学史 [M]. 北京：北京大学出版社，2005.

[9] 季羡林. 东方文学史 [M]. 长春：吉林教育出版社，1995.

[10] 高慧勤. 东方现代文学史 [M]. 福州：海峡文艺出版社，1994.

[11] 策·达木丁苏荣. 蒙古族文学史 [M]. 呼和浩特：

内蒙古人民出版社，1957.

［12］策·达木丁苏荣．蒙古文学精粹一百篇［M］．呼和浩特：内蒙古人民出版社，1957.

［13］王浩．比较文学与译介学：达木丁苏伦比较文学之路［J］．文艺理论与批评，2008（1）.

［14］王浩．Ts·达木丁苏伦与蒙古族文学关系研究［J］．民族文学研究，2005（4）.

［15］王浩．Ts·达木丁苏荣与《罗摩衍那》蒙古本土化研究［J］．内蒙古民族大学学报，2006（1）.

［16］陈岗龙．改革开放三十年蒙古比较文学研究的回顾与展望［J］．内蒙古师范大学学报，2009（1）.

［17］扎拉嘎．蒙古比较文学传统及其现代方法论意义［J］．内蒙古大学学报，2005（4）.

［18］李剑．简评蒙古杰出文学家与学者策·达木丁苏伦的一生［J］．解放军外语学院学报，1995（2）.

